# 等路

洪明道

目次

〔推薦序〕

# 路就這麼走了過來

朱宥勳

認識洪明道，是在二〇一三年辦書評雜誌《秘密讀者》之後的事。說來慚愧，我在某些方面是很閉思（pì-sù）的，即使洪明道因為好幾篇以台語文寫成的書評驚豔了編輯團隊、進而邀請他加入編輯團隊之後，我對他的認識也僅止於工作上的印象。我印象中的他，除了是一位對台灣文學、台語文書寫非常有使命感的評論者，也有著很好的敏銳度，是擁有「真正的文學感覺」（借用黃錦樹語）的人。

不過我沒想到他會寫小說，而且突然之間就寫完一本了。

乍讀《等路》諸短篇時，會有那麼幾個瞬間，以為自己正在讀的是童偉格式的小鎮畸人故事。殘破的鄉鎮，殘破的社群，殘破的身體，乃至殘破的精神。在這些小鎮裡，總有一條鐵路或公路從城市伸來，把人們吸捲進去，再嚼碎吐回，此後人生便是餘生。如同童偉格〈假日〉裡的名句：「路它怎麼自己沒有了。」

然而，更細一想，我們會發現洪明道其實不是踵步童偉格的，他自有一些獨門的路數。比如他深厚的台語文基底，在小說當中不擇地而出，使之完美融合了華語的行文，而不再是一種需要放入引號的「飛白」修辭，也遠遠把僅能在對白中點綴性地用幾個台語詞彙的大部分創作者甩在後頭。除此之外，他也擅長柔化情節之間的焊接處，使小說能處理複雜的時空跳躍而不顯突兀。而我最感驚豔的，是他在描寫人物時的精準節制，有許多篇章都寫到了欲言又止、目眶含淚卻又不落下來的精采境地。

比如〈村長伯的奮鬥〉，以略為戲謔的語氣起手，慢慢滑入村長伯的回憶之中。描述和哥哥玩水的一段，稍有經驗的讀者大概都能猜出接下來要發生什麼悲劇了，不料該段結尾話鋒一轉：「這是那一次，那一次阿兄沒有死掉。」兩個短句就讓讀者心跳變速兩次——什麼，沒死？等等，「那一次」又是怎樣？或如〈虱目魚栽〉結尾處的飯局，除了對白底下的潛台詞令人玩味外，散場後父母的反應也各有曲折，尤以母親的淚中含笑最有威力。而〈等鷺〉堅勇伯身後深濃的地方政治陰影始終未曾現身；〈零星〉裡零存整付（或者該說是零存整「虧」）的父親；〈代表要退了〉房間裡被撕碎的名片；〈路竹洪小姐〉的明知故犯；這些小說都將情感控制在一個將傾未傾，退一步顯得涼薄、進一步失之濫情的精準刻度上。

不同於童偉格，洪明道對他筆下的角色是有多一分溫情的。他們不知不覺被推上了未曾想過的那條路，卻沒有放棄希望。整本書的首尾兩篇，似乎就遙遙地定調了這樣的溫暖——〈改札口〉在火車上的陌生人身上得到過下去的力量，〈路竹洪小姐〉則鼓起了大於謊言的勇氣，穿過了命運的改札口，搭上未來不明的火車。路就這麼走了過來，未來卻也還是要走下去，〈等路〉的結尾說了：那是祝福的意思。

# 改札口

那段時間，伊每日走向台南車頭。

之後伊很少向人提起這段通勤的日子，伊希望這就像其他的人生困難一樣，過去就過去了。同樣的時間，伊的形影在同樣的路上。總是會有人看到，看到的人老了，或忘記了、過往了，形影越來越小。

月亮猶在天空的邊角，濃霧沒給光線一點空縫。趕早市的挑夫們行路難，只得慢下來了。他們在半睡半醒之中撞見彼此，互相說「今仔日真寒」，然後繼續趕路。

伊穿著一身米白色的裙裝，快步走在堆滿籮筐的亭仔街，閃避地上的果菜前行，像跳一段戰前的舞。胸前繫著的絲帶褪色了，衫仔拖著一些線頭。然而齊邊的短髮露出一截白色的頸項，擺在地上、貨架上的虱目魚肚都不及那一截顏色透亮。有些挑夫注意到了，把肩上的扁擔放下來休息。

那是一截女學生的頸項。

但這個時間對女學生來說還太早。

這種時候，吊掛著的豬肉滴下來的血水比較黏膩，洗過海產的水也比較鮮。一些販子回頭望向伊，恬恬看著冬日夜明前的景色，沒有人知道伊要去哪裡。

幸婦媽廟前的木柵門還緊閉著，再過不久也將隨市場鬧熱起來。東城邊的曲巷裡原本就住著不少人家，過來參拜不用幾步路，雖是小廟自有一定的香火。過來上菜市的婦女也總會順道過來，捻一炷香，閤手晃幾下。天公爐很快就立滿了香枝。

經過幾次事件之後，來拜拜的人更多了。

伊在晨月下一邊行走，一邊回想自己有沒有留一支鑰匙在房裡。昨夜睡前伊又一次叮囑大兒子阿太，要他起床後帶弟弟去乳母那邊，再伴妹妹一起走到國民學校去上課。最重要的是，離開前別忘記確實把房門鎖上。

同時，伊又怕自己忘記多帶一副鑰匙出門，下意識的伸手進かばん[1]（kha-báng）打撈。觸見筆記本、手巾和一些筆，卻沒有碰到冰冷的金屬。再找看看、再找看看，伊不由自主的用手巾仔擦拭手心，布團若一蕊落在泥灘裡的花。一步比一步更難以行走，腳彷彿都踩在胸坎頂。

1 手提包，日語漢字做「鞄」。

茫茫之中，紅鞋子的踏地聲再度快了起來。伊是抓到鑰匙，便放心的向前奔去。

這段路伊並無生分，讀女中時若要回鄉下老家，伊慣勢行這條街仔路。兩邊植滿了鳳凰樹，月光映照在葉子像雪。

也不過五、六年前的事。女中宿舍和車頭在鐵道的兩側，雖然一眼就可以互望，但是之間沒有連通道。因此伊必須先繞行至公報社，過了平交道，再往回走向火車站。彼時的伊在這條路上擔心著的，大概是還沒買到試驗問題集、牧師銳利的雙眼、又要上體育課之類的事。

伊費了很大的努力才進入那所學校。阿爸對伊沒什麼期待，但伊對學習特別有天分，也就直直念上來，所幸那時家裡的經濟不是太差。住在鄉下的伊，當時特地請表兄來本町買歷年試卷，抓住放課時分到先生家問問題，並趕在燈火管制前把試卷看完。

上女中來到市內以後，伊原以為能夠享受自由的生徒時光。伊總幻想和同學上末廣町咖啡店、去宮古座看電影，或是騎車去安平的海邊泅水。然而伊非但沒有經歷這些享樂，還時常無眠，總是在晨間禮拜時假借低頭禱告而闔起雙眼。這樣的褻瀆被發現後，牧師十分不悅。

可以說從那時起，伊就有睏眠的問題。但總是需要早起，再怎麼晚入眠也還是要把自己的身軀撐上來。無論如何都要先到了車頭，坐上車再說。從前趕著上課，現在也趕著上課，身分卻完完全全對調了。

相似的路，相似的樹，伊一失神，還是會習慣性的靠左走。霧太重了。在模糊的月亮底下，迎面而來的人朝著伊叫囂，把伊拉回現地。貨斗擦過伊的裙襬，在羽毛一樣的衣服上留下一折烏痕。伊嚇出了一身汗。

等到了車頭，伊的身上才褪去一層烏影，在寬闊的廣場上明亮起來。火車站前圓環的人車換了一個方向轉動，附壁上的花草整修過後刷上銀灰色的漆。伊不再像初次到達這裡那樣，睜眼盯著同樣的紋飾看好幾遍，如果有個地方歇息就好了。

搬來台南的頭幾日，孩子們在榻榻米上興奮得睡不著。長子阿太像到他爸爸，個性較顯，尖鼻仔也總讓伊想起他爸爸。伊出手作勢打阿太，其他孩子才跟著安靜下來。有些時候，伊要真的打下去，阿太才會乖乖聽話。伊對任何事都失去了耐心，一點氣力也不會縮，甚至還會朝他大喊，你知道這一切都是為了你們嗎？

好不容易伸長了腳，放鬆了身軀，么子飢餓的哭聲又總在半暝警告著伊。伊的眼睛跟著月亮慢慢升起，背後的團被在冬夜裡浸濕了。

連幾晚的折騰，讓伊的耳朵異常警醒，巷弄裡的潑水聲，暗夜的狗吠，都時時刻刻伴著伊。直到睡著了，過幾時也就該醒了。若赴未著頭班車，伊必定會遲到，因此不敢不預備一些時間提早出門。這段路幾乎是小跑步著在走的，到了車站氣力也就差不多用盡了。

伊很快就找了椅條坐了下來。候車室並沒有太多人，只有幾個穿洋服的男子從鐵道飯店緩步下樓。伊看了一下大廳的時鐘，大概還有十來分，便叉著手臂，鬆懈了腰。

但是伊必定是睡超過十分鐘了。

在椅條上，伊看見丈夫的詰襟。儘管早已是個開業的牙醫師了，淩良還是會披著他中學時期的制服，頭戴角帽，在庄裡的街上走，笑得跟伊的學生們一樣樂觀。伊站在門廊上喊他，要他不要再像個孩子一樣了，淩良說他要重新過一次學生時代。

長子才剛學會說話，小妹就又出世了。同一時期，淩良的齒科診所步上軌道，許多病患從鄰近的村子過來。淩良也越變越多話，不時約集庄裡的重要人士到家裡，偶爾到更遠的燕巢和舊同僚過夜商討。從事工作、關心國事，他是這麼說的嗎？

看診完，淩良總披著襯衫捧書在門廳閱讀，靜默的夕陽照出了主人尊嚴的影子。伊還是習慣用日語的丈夫，也就是主人，來稱呼淩良。那時候阿太剛學會走路不久，常喜歡用力奔跑。只要伊在做家事，阿太就沒有了束縛，在廳堂奔跑、在門廊奔跑、在門前的街道上奔跑、在草地裡奔跑。他那兩條菜頭仝款的跤腿擺盪得越來越快、越來越快，讓人看得出神。

眼看擺盪的速度就要到了極限，阿太幼小的身體傾斜，一顆小石子或步調落了拍，隨時就會撲倒在地。伊蹲在汲水器邊搓洗布尿布，只好向浚良大喊，我在水協仔這邊追不著啦。喊了一次，又再大聲的喊了第二次。只聽到書本啪的蓋在桌上，丈夫披著學生服走出門廳，沿著阿太的路徑向落日奔跑過去。

列車驅散的濃霧駛進伊短暫的眠夢。車掌用哨子吹出尖銳的割裂聲，還好伊及時醒來，趕忙步上列車。趕不上車的夢，伊在夜裡做了好幾回，還好沒有一次成真。倒是伊從沒夢見過的，發生在伊身上了。

車廂沒幾個旅客，伊揀了一個附近沒什麼人、靠窗的位置，將提包放下手腕抱在胸前，頭在窗框上只放了一點重量。伊順手將窗子往上提起，透早的空氣帶著瑩瑩的月光，拂進伊的衣領。

怕坐過站，只好讓火車起行的冷風吹向自己的臉。等到列車上的乘客都坐定後，伊才能放心沒入座位之中。

火車先是深吸了一口氣，再嘆了一口長長的氣，窗框、木頭座椅、車廂地板還有伊的雙手，都發顫了起來。即使是沉重的行李，也一起發出吱吱咯咯的共鳴。

只聽見火車撞擊在枕木上，像歌仔戲開場的搖板，搭……搭……搭、搭、搭，一聲急過一聲。

一名身穿黑色西裝的男子扶著椅背走來，一步一步的，在仍有空位的車廂中接近。他戴著一頂氈呢圓帽，手拏著深褐色皮箱，皮箱撞在木座椅的把手上，發出了空心的聲響。

伊的手指掐緊自己的提包，趕緊緩緩闔上眼皮假寐。

男子的腳步聲錯落在火車的規律節奏中，越來越清晰。

也許是經歷一段奔走才到車站的緣故，伊被一身汗弄涼了，牙關慄慄掣。儘管已闔上眼瞼，仍能感覺到一片黑暗覆蓋上來。聲音停止了，影子就在伊的身旁。

男子低下身去問伊：「這裡有人坐嗎？」

「咿……」伊差點以日語回答，旋即拉住自己的聲帶，發出生鏽門軸的轉動聲，引人起雞皮疙瘩。

「……沒有。」伊說。

他摘下頭上的圓帽，大衣襯著他的骨骼。已經少有男士把帽子當成出外必備的衣裝了。

「我要去高雄呢！」男子的國語並不帶有油滑的兒音。

「我欲稍睏一咧。」伊說，然後側身到窗戶那邊，手裡緊抓著提包不放，暗示他不要整路講個不停，也別想從伊那裡問出什麼東西。

「你佇佗落車？」他仍然追問。

「佇高雄進前。」

「若按呢你會當睏，到站我叫你。」他爽朗的說，並提高音調。伊只是點點頭。又只剩下火車在行進。伊闔上眼，聽著單調的背景音，卻已經沒有了睡意。

車廂經過樟樹林，枝葉都被挲得尖叫起來。伊的後背不自主的起了僵直反應，背部硬成了一片洗衣板，嵌入椅座的木條之間。堅硬的木條弄痛了伊的腰。

一開始伊還留在鄉下的洋房裡，若浚良要回來，才有法度接著。他們的住處門前是一片荒地，草地上長了幾株相思樹，阿太總在那裡玩耍。自從浚良去自首後，他們常來向伊確認全家大小是否安在。擺在一樓的治療椅和工具櫥，一次一次的被他們搬空。伊也不替空下來的廳堂添新家具，想著有一日診所會重新開業。門前草地也沒有整繕，稗草跟著季節一起發長。

他們持刺刀撫摸沿路的草葉，走過孩子們玩耍的地方。他們大喊，一路向叢莽揮舞，發出巨大的摩挲聲。草葉都被捲到路上去，空氣瀰漫一股青草香。守在屋內的伊連忙跑了出去，看阿太是否在草叢裡灌蟋蟀，伊的腦中無法不去想血淋淋的影子。

驚叫了一聲。樹葉猶原在，伊的身上有光的碎形在瘋狂跳舞。

「敢有好勢？」男子問伊，身體微微向前傾。

即使搭車這麼多次了，伊還是無法適應，更別說有個陌生人在側。伊眼睛盯著車廂頂的扇葉，直覺在哪裡見過他，說不定浚良曾經邀請他來談時局，又或者有幾次跟在伊身後走路，只是伊忘記了。

「雄雄一聲，去予驚到……」伊說。

「聽你的口音，親像毋是遮的人。」他隨即接在後面。

「我台灣話講了敢無好？」伊看了他一下。公公也常這樣說伊，讀日本學校的這一輩都怪腔怪調。儘管離學校這麼多年了，口音還是露出馬腳。

「毋是，是講……無像府城的人。」他意識到他有些冒犯了，連忙解釋。

「按呢矣（ah）……」伊想了一下，「……我確實毋是在地人。」

男子好像笑了。

以前若得了空閒，浚良總在門廊領著孩子，催促伊換上外出的衣服和鞋子。阿太等不住，就原地跳上跳下。戰時難得沒有賣掉的衣物，就得在這時候穿出來，伊小心翻開裙布，慢慢的打量。

他們一同搭火車去台南，再步行至石春臼。浚良喜歡吃那裡的飯桌仔，專程這樣一趟順便逛逛店鋪也好。

回程時，阿太總是要伊抱他，畢竟走了一日的路。

但伊也走了一日的路，抱起阿太後，連手臂也沒辦法休息了。不過伊總是說因為只一小段路，還是用走的吧。

既然只有一小段路，那就坐車吧！

浚良招呼了三輪車。台南的路並不平順，不時有長上坡或起伏的小丘。要向上時，車夫整個人起身站在踏板上，踩著固定的節奏，讓每一次踩踏成為前一次的助力。阿太躺在伊的大腿上搖著搖著睡著了，伊盡量控制自己的身體，不讓雙腿隨著三輪車顛簸。

若是來到下坡，車夫會為了省力而不按煞車。夜晚的風混著吃食的蔥味、蒜味吹在伊的臉上。浚良看著沿途的商店、看板，伊也看著街道和浚良的臉。俯衝的速度讓三輪車溫和的晃動，整個街道也都輕快起來了。

而今伊要在這樣輕快的街道上生活了。

「所以，」他又問了一次，「欲轉去佗位（tó-uī）咧？」

「路竹……」伊說。

「遐我無去過。」

「你講路竹？遐也無啥物。」

就一座車頭，一條自車頭展開的街仔路，伊這樣說。

街道經過香蕉樹和田地，抵達浚良留下來的診所。幾座矮洋房、三合院聚在寬闊的水田之中，畸零的轉角處塞著幾間土角厝。聚落中央有一座古老的大廟，房子大都向著這座大廟，把它團團圍住。就這樣而已，野狗在這裡晃盪十幾分鐘後便不得不回到原處了。

備戰時期，村民決議把大廟裡的神像拿去附近的聖山上寄放，避免神像被焚毀。村長協同廟公，負責處理這件村內的大事。由於時間急迫，並沒有舉行什麼科儀，用包袱把神像摺進去就出發了。

戰事結束後，他們熱熱鬧鬧的辦了一場慶典。村民許久沒有看到鑼鼓了，紛紛擠到大廟的牌坊之下，目送男丁們領著浩大的隊伍上山迎神。

沒想到一到山頂，只見數十座神像排排端坐在神椅上，附近各個宮廟都把神像放到同一處來。村長請廟公指認，廟公也請村長指認，怎麼看，各個都頭戴金冠、面色赤紅、身穿龍衣，眉目間充滿正氣的樣子。外頭敲鑼鼓的敲到後來手有些痠了，聲音漸漸疲弱下去。

在「恭迎大神回廟安座」的布條下，站在廟口等待的婦女孩童伸長了脖子，一見到隊伍，還未等神像進行安座儀式，便有人跑上前膜拜。有人發覺大神和原本的樣子似乎不像，但也沒說出口。

這就是這座村莊了。

「其實……我是遐的人。」

伊順著他的話說下去。他只是一個在火車上坐隔壁的人，沒什麼好害怕的。

「應該就是因為是遐的人，才感覺無啥物！」他笑了起來，鼻子和嘴巴交界的紋路特別好看。

他溫溫吞吞的說起他是鹽水人，要搭車去高雄上工，是一份在鋁工廠做工程的空缺。以前他跟著日人興建過車站，學了一些土木的技術。他說日本人相當注重剪票完後，從月台走入車站的那一段。他曾為了這個，和日本技師測量到傍晚。

他問，你知道改札口是怎麼設立的嗎？

「講來聽看覓。」伊說。

以前他們到一座建物前面，長官會要求他們站在原地觀看，回到事務所把建物的草圖畫下來。起先總是沒辦法做好，但後來十之八九都能拿穩，即使沒有攝影機，他也能精準的記住圖像的細節。他吹噓說，就靠這樣的眼力，他們計算改札口的位置，用改札口的位置來決定車站要坐落在哪裡。從車站出發要去遠方的人，透過那一道柵欄必須看得到火車和遠景。要回去的人走入改札口，要一眼能看到故鄉的市街。

當伊向他說，伊搭車回路竹並不是要回家，而是要去教課，他呀了一聲。最近搬來台南，已經不住那裡了。也許日子一久，就會有了台南人的氣口。伊笑笑的說。他不禁覺得先前用口音來猜測人有些失禮。

他問，既然已經搬到台南，怎麼沒有向上級請調到附近的學校，必得這樣每日搭火車奔波。

上頭還有一些行政的問題要處理，伊說。

如果有辦法知道原因的話，大概也不用這樣了。

不過也是挺好的，有一份安穩的工作，在這種時候也不容易。

伊什麼都教，在國民學校工作就是這樣，算數、美術、道德都能上，同時也教國語，之後的孩子都要學會這新的語言。還好日本時代伊的漢文還有些底子，戰後學習了一下，就到了能夠教授的程度了，說得也比大多本地老師好。

「無怪你講話這呢無仝……」他說。

學校一直告訴伊，行政程序不是一日兩日可以解決的，伊的背景這麼特殊，上頭會不會放人也很難說。但伊仍然堅持要如此，伊沒辦法在那棟房子裡繼續生活下去了。

當初要下這個決定時，婆婆過來診所這邊拜訪伊。空蕩蕩的回音從樓下傳來，伊從二樓下去應門。阿太原本要跟著伊走下來，但伊叫他留在房間裡。伊搬了張椅子給婆婆，自己則坐在板凳上，他們之間沒有任何東西，也沒有桌子。

婆婆勸伊，還是留在這裡吧！比較有人照應，若要照顧孩子、摒掃、祭拜，他們都可以過來出雙手。就算明著不方便，還是多少可以暗著幫忙。

伊看了看廊柱，雕紋還是新洗的，沒有什麼髒汙。雖說診所是浚良的，伊剛嫁過來是有付點修繕費用，說到底產權本來就算是公公的。這次公公也受了波及，村長的職務被拔去。伊帶孩子們離開之後，夫家若要變賣、抵押、做使用都靈活多了。

伊說這也是為了孩子，為了不要造成太多負擔。畢竟還是市內的學校老師經驗多，科目也完整，之後若要直升初中高中也方便。

他們沒有說多久，婆婆也沒伸手去拉伊。儘管婆婆應該知道，若是浚良沒有回來，這麼一搬和夫家這邊的聯繫就少了。孩子是跟他們的姓，但在外面時日久了照面少了，變得陌生也是自然的。

而這也意味著，對於浚良的歸來，伊是更不相信了。

伊只希望孩子能不辜負期望和犧牲，能有好的成就，離開這裡越遠越好。也就這樣，伊不准阿太下課後到廟口去，也不像以往會出遠門去遊玩。除了孩子，這些事伊從來不跟任何人說，說了有什麼用呢？

火車行進，景物越來越熟悉，再過不久就要到站了。

男子見伊不說話，也就不多插嘴了。他才注意到靠窗而坐的伊比起剛才平靜許多，手上戴著的尾戒閃到他的眼睛。不知為什麼他的心中出現愛嬌這個詞，這個日本時代學校總是會出現的陳腔濫調，男人就要有膽量，女人就要愛嬌（あいきょう）。但是愛嬌這個字在這裡並不顯得俗氣。

火車行進，窗戶落下的光在伊的臉龐有節奏的閃現，一明一滅。亮的是朝日升起前的天光，暗的是窗格的影子。影子在伊白色的臉上留下一道一道的橫紋，好似箍著伊的鐵條。在眉尾的地方，卻有一道影子不隨火車的行進而消逝。那是一道蟹紅色的瘢痕。

伊的眼光飄了過來，牽引了他。一時之間他的雙眼無處可去，停留在伊眉角的瘢痕，只得順勢說點什麼。

「那個……」他支支吾吾。

「生來如此而已……」伊說。

瘢痕因為連著眉毛，乍看之下像是燒過了的毛囊，也可能是暗色的皮膚，像他邊吃飯邊看書，在紙上翻倒醬油一樣。但是胎記，應該是更紫黑一點。

伊無法細想那日的情景，只記得自己一手用面巾按住額頭，一手抱著襁褓中的妹妹入睡。屋子內是浚良摔在地上的硯台，上面沾了伊的血。浚良走向黨部去，說是要去自首，這樣罪名會輕一點。

也許從事件那時就可以看出來了。米價連日飛漲，伊在庄裡的農地四處走踏，問能不能買一些米，就這樣揀一點揀一點，湊齊了一小甕。浚良卻說終有一日會跌價的，取了幾瓢給來討米吃的婦人。

伊舉起雙手站在門邊，連一點月光也不准它過去。也許根本沒人知道的，伊小聲的叫喊。

浚良摸著手邊的東西，拿到什麼就砸，硬皮書、木殼、模型、一切越堅硬的東西，撞擊聲無法掩蓋。桌邊的硯台也不例外，就要被擊碎在地。偏偏阿太站在那裡，杵著一動也不動，也沒發出一點聲音。

伊連忙跑向幼子跟前，然後眼前一片昏黑。

月光照了進來，他只說我會再給你寫信。

關於浚良到底有沒有做些什麼，伊不知道，沒有人知道。日子還是得過下去，孩子得長大，伊也要回學校去教書。

鐵軌旁是一排長滿不知名黃花的小土堆。下過雨之後，水積在兩排土堆中間凹落去的所在，形成天然的溪溝，自然而然的生許多小狗母魚、南洋鮐仔。火車停下來的時候，打開窗戶往下探，可以透過清明的水波掠到魚仔優游的形體。

火車經過時，小魚被嚇著，跳出坑溝來。總是會有一些孩子來撿拾這些不幸的小生命。

被炸過的防空洞頂也長出了爬藤，嶄露碧玉的新芽，蔽住了缺口，像幾若隻金龜子停佇在腐土上。有的防空洞裡放了鑿犁、手耙、粟扒，當做是農具的儲物間，等待下一季的熟成。田岸邊的磚寮也都經過修補，一片褪成豬肝色的舊的血跡當中插雜著幾塊鮮血般的新磚。

月亮還沒沉下去，日光的尾巴躍出來，兩顆神祕而巨大的星體同時展現在他們眼前。

傾斜的曙光映在魚池中，好像有無數個早朝的太陽在安慰土地的冰冷。

「綺麗（きれいな）——」伊不經意的用日語發出驚歎。

是呀，他也以日語回應道。

隨著火車的移動，天空的顏色有緩慢的變幻，天空照在車廂內更有無法細數的光芒。

風景慢了下來，越來越慢、越來越慢，慢得有如不會有到達的一日一般。

越來越慢、越來越慢，終至伊得起身。

「先告辭啊。」

「告辭啊，楊先生。」他刻意用了先生。

「再會，王桑……」

車子方正的停在月台之間，大崗山的稜線浮雕在後面，好像被壓平的一幅相片。紅鞋的鞋跟落在水泥月台上，發出了清脆的木頭聲響，在月台上晃啊晃。

臨今，伊才覺得似乎有了一些什麼。

車廂裡的窗戶被一雙手關上了，風不再吹進有體溫的座位。這就是那個許多人不曾去過的小村庄，恬恬的坦佇山的懷抱之中。

伊扶著月台步下了軌道，米色的裙尾飛去，瞬間只剩一綹頭髮的顏色。沒有多少人要在這個站下車，車廂的門馬上就關起來了。

看到那一條街路了，有古老的大廟、香蕉樹、留下來的診所，穿過這些，就會到伊教課的國民學校。

沿路上有一些攤販，一些種作的人，大部分都認識，但沒有多說什麼也沒有打招呼。冬日的太陽讓指尖回復了溫度，伊繼續走，不在那裡多停幾步。

幾個孩子在廟前踅玲瑯（seh-lin-long），朝著對方丟了幾顆石子，溜進了廟裡，再嬉笑著出來。

「大神的鼻子哪會變長啊……」

「大神的皮膚是毋是曝黑啦……」

校工對伊大喊先生早，那一日，伊比平常又更早到了學校。

到最後伊也沒有告訴那男子關於孩子、丈夫的事，好像伊只有伊自己。終有一日，伊不用再搭車通勤，可以完完全全的脫離這裡。這趟車程讓那樣的等待不那麼難以忍受。

火車的聲響仍在身後，猶未遠離。鐵軌又敲起歌仔戲的搖板，一聲急過一聲，米白色的形影慢慢後退。火車的行進引起了一陣風，屋簷下的粟鳥一驚而起，枝葉有的低頭有的抗拒，青天白日的旗幟發出慶典的掌聲。微小的人影拎著かばん，走出那座改札口。

本文獲二〇一七年台南文學獎小說首獎

# 村長伯的奮鬥

各位鄉親大家好，相信大家對咱溪東村村長伯都不陌生，毋需我再多加介紹。但也正是因為大家對村長伯太過熟悉了，都村長伯、村長伯的叫他，才有我寫這份文宣的必要。是的，村長伯要出來選本屆鄉長，將要改稱為鄉長伯了。

村長伯用人唯才，頗有識人之明，這是大家都知道的事情。所以村長伯才會當佇地方上徛起[1]（khiā-khí）這呢濟年。小弟不才，被村長伯相中，要我為他提筆寫下他一生的傳奇。回到竹村這麼多年，我住在街尾父母的厝內，沒有田地種作，沒有工廠頭路，鮮少出門和鄉親盤撋[2]（puânn-nuá）交陪，大家可能不常見到我。我待在房間內就是想東西，想破頭的時候就破個瓜，看看嗑一盤瓜子後能不能想出什麼。

正當我要把整袋瓜子殼扛出去丟的時候，村長伯走向了我，給予小弟這份機會，小弟

1 立足、起居。
2 交際應酬。

甚是感激。

村長伯說，他不想要虛華，不想要都講一些他的政績、過去做過什麼。他要和其他候選人有不一樣的形象。他引用掛在他競選總部的匾額「君子之德」，他要像匾額一樣不要說出來，天何言哉？他要像風一樣，苦幹實幹做給大家看。

於是，小弟有了這份榮幸每日在村長伯身後，跟了整整半年也就是六個月。他想要這本小冊子寫一些他的人性、他不為人知的一面，上好是家己也無發現的代誌。於是他同意我在競選期間隨行，跟著他跑市場走基層、全鄉行透透，藉由時時刻刻貼身觀察，還有好幾個晚上喝酒剖心肝，寫出了這樣一本選舉宣傳小冊子。

當我把小冊子交給村長伯看的時候，說不緊張是騙人的。畢竟被委託者直截了當的說不喜歡，對我來說是很大的傷害。在他閱讀的時候，我的眼睛離不開他的眉毛，他的眉毛一下像遇到麻雀的毛蟲縮了起來，一下又坦橫橫。村長伯闔上書嘆了一口氣，慢慢的說出，就這樣吧。同樣的，我也希望鄉親喜歡，希望鄉親看完這份小冊子之後，大家不會再只叫他村長伯，而是真正的認識他這個人。

和所有其他候選人一樣，村長伯是本鄉子弟，生於斯長於斯。除了出外讀冊的那幾年，他一腳步也沒離開我們村裡，也因此上蓋了解本鄉大細項代誌。凡事都要究其根本，要研究一個人也是。村長伯生在本庄大戶黃氏家族，他阿爸黃大水早在日本時代就備受重用。在我們這裡有一句話說，走得到海港邊，走不出黃家田，這句話的意思是黃家不是一般的盼仔[3]（phàn-á），而是實實在在的富戶。在日本時代，他們就在洋樓外的庭園香蕉樹下裝置了抽水馬桶。

以前有個主持選美的富豪，每次公開露面都要穿金絨西裝，弄得金光閃閃，他上遍各大節目跟記者炫耀家裡有個純金做的馬桶。《關鍵時刻》、《流言追追追》之類的電視節目做了關於這個富豪一生的起落故事，恰巧村長伯在轉頻道時看到了。村長伯特別愛收看這種能充實知識增廣見聞的節目。看完後，他嘆了一口氣，懷念起那尊他沒見過的日本時代的馬桶。在有魚池的庭園裡的小木屋上廁所，是多麼寫意暢快的一件事，他這麼形容道。

古早的某一天，炸彈從天而降，炸在水龜圳田溝裡，碎裂成無數殘片。一塊彈到公學校的禮堂，一塊飛到隔壁庄的田地，當時田主還要求我庄賠償呢。至於剩下的那一塊，好巧不巧飛到了黃家的庭園，打在抽水馬桶上。可憐的抽水馬桶平白無故遭受池魚之殃，與敵人同歸於盡來個粉身碎骨、拋頭蓋灑熱屎，古董級的抽水馬桶就這樣沒了。在這之後村長伯又講了那尊馬桶的事講了三四小時，以下省略不記。

黃家的大宅紅磚白瓦，立面雕花，二樓有廊柱圍繞。村長伯有印象以來，像他這樣的

3　凱子。

晚輩兒孫都睡在二樓。睡一樓的黃大水跟他們抱怨夜裡常聽到天棚頂傳來伊伊呀呀的聲音，但黃大水不怕。經過政府幾年的土地改革，本鄉很少再有饑荒，農民各自在自己的土地上辛勤工作。這些工作的成果，通通送到黃大水的米行來，由精明的黃大水統籌分配，村裡的人家再多張嘴都分得到米飯吃。那是一個沒有避孕套的純真年代，黃大水一妻二妾共三房，生湠了十來個孩子，飯是夠吃，但住宅空間卻不夠用。於是他聘人用石棉把原本的庭園遮蓋起來，延伸了兩個廂房。假山假水、松樹通通斲去，水池裡養的錦鯉搬到了餐桌上，只剩庭園旁一排排水孔留著，給下人在那邊洗衣服。

村長伯的母親，我們現在都叫她老夫人，是黃大水的二房。當村長伯的臍帶被剪斷的時候，少了抽水馬桶的幫贊，穢物無處可去。老夫人的血水從白鐵盆被潑了出去，沿著原本庭園的石板流下排水孔，成了灌溉附近田地的養分。村長伯的第一聲大哭十分響亮，一如其他偉大的人物一樣，這聲嚎叫宣告了他在屎尿之間的一生的開始。叫聲翻過圍牆邊的木瓜樹，村民們都聽到了。他們圍在大宅院旁，想看看黃家是不是會如同預言一般生出古怪的孩子。

據村長伯奶媽的說法，村長伯出生時屁股上就有了那塊斑痕，她絕對不會記錯。村長伯的奶媽現在還活著，屬本村難得的人瑞，每逢重陽都會有長官來送紅包給她，多則一千少則五百。她就住在機車行旁邊，這裡每台機車的檔泥板都寫著那家車行的名字，在此不寫出來了。每有選舉，奶媽必定支持村長伯，無論是選代表、農會理事，她都認那張自小看到大的臉，無第二句話印仔共頓落去。上次奶媽去成大醫院開刀換關節，她告訴村長伯，病院竟說要一個月才能開得到刀，到時候豈不都不能行走了嗎？村長伯告訴議員，議員告訴助理，助理打給醫院，就提早換了一個全新的關節。跔[4]（ku）落去，馬上就會爬起來。村長伯辦事就和這嶄新的關節一樣有力。

奶媽指證歷歷，當年她幫幼小的村長伯換布尿布的時，屁股上就有斑痕了。它像蟲一樣的咬在上面，撥也撥不掉，鑢[5]（lù）嘛鑢袂起來。那斑痕顏色和瀝青一般黑，邊緣模糊，圓圓一顆，兩邊突出兩塊角，好像一頭老虎。老人家想說可能是沾了煤炭，用濕抹布想要把它擦去，又去採了青草用熱水熬煮洗淨，都不敵斑痕的頑強抵抗。她拿給其他的人看，有人說：「我看倒有點像蒼蠅。」而奶媽堅持那是老虎。

這個記號就跟了他一輩子，想不到有天竟會落人口實。在這次選戰中，有人放話村長伯混黑道開賭間，還說村長伯做選舉賭盤從中撈了大筆金錢，村內的KTV都是村長伯的地盤。證據就是他身上的刺龍刺鳳，還有這些場所的股東名單。我原以為抹黑造謠在我們這個清明的時代已經不管用了，直到這次才認清了事實。根據親眼所見，蒐集的人證物

4 彎身蹲下。
5 刷洗。

證，我可以百分之百掛保證，並向王爺咒誓，村長伯身上的不是刺青。

他不知道關於家族的詛咒。

競選看板、廣告文宣都很愛寫候選人讀冊讀到多高多厲害，大多是美國、澳洲等地的碩士，台大寫出來也很管用。大部分人都希望自己或兒女可以念到這般程度，自然也就會喜歡這樣的候選人，這在我們鄉下也不例外。不過說到資質，村長伯並不是家族裡最好的，談到學歷，村長伯也不是讀最高。黃家學歷最高的就是黃大水，他阿爸在日本時代就念台北帝國大學，畢業回鄉沒多久，又到九州去念了個博士。村長伯自己也承認，他阿爸常感嘆一代不如一代，當年自己才二十開外就拿學位回來縣政府裡當技正，服務農民，疏通本鄉由東到西的水圳，為何序細沒有一個可以追上他的腳步。工程做完，山腳到海尾都吃了軟便藥一樣通暢，從此本鄉就很少做大水。村長伯說，他阿爸就是這麼雜念，喜歡細數他的豐功偉業，直到在病榻上了，還是說著同樣的事。到了現在，鄉親們已經忘記黃家上代的事業，我們島民總是患有歷史的失憶症，在這裡有必要重新提起。

儘管和父親有些疙瘩，村長伯力爭上游，證明自己給阿爸看，也給鄉梓看。他打拚肯做事，若是出車禍地界喬不攏，村長伯隨 call 隨到，抑是結婚生子送喪，村長伯也伴咱走人生的每段路途。無論刮風下雨，晴天雨天，村長伯都沒有休息，好比 seven eleven。

在一次大熱天的掃街拜票當中，日頭赤炎炎，村長伯卻非要往田梗中去。他說不只要去人口集中效益高的集村，零散的田庄也不能放過，搞不好可以碰上豪華農舍，誰知道呢？整個競選團隊在田中央走了半小時，各個都想念起活動結束後的雞腿便當。就連白助理，村長伯最美麗的助理，腳趾也起泡了。但村長伯並不氣餒，回頭跟不成龍形的人龍說，我們不可以這麼輕易放棄。他揮舞自己的競選旗幟，在有些腥臭的風中搭搭作響，在那瞬間，他真有點像騎馬指著遠方的拿破崙。我們士氣為之一振，腳步在田間小路上快了起來，踏地聲像行軍的馬蹄。

皇天不負苦心人，我們在花椰菜田旁找到像是牛寮的紅磚房。遠遠看見那座應許的房舍，我們都感受到村長伯的決心，還有他應得的回報。村長伯打頭陣，一路上踩破了許多被曬乾的螺仔殼，那是金寶螺的螺仔殼。等我們都就定位後，村長伯便上前敲門。即使住了這麼久，我們都想不到村裡還有這樣一個地方，住著一家老大人。

正好當日村長伯請了地方報的記者跟拍，真是不可多得的機會。村長伯脫下帽子，伸出手向那對老夫妻釋出善意。他們正好在吃午餐，長著黑斑的棕木桌上擺著一鍋混濁的湯，看起來經歷了無數次的冷卻和加熱，幾顆爛熟的菜頭冒出頭，只有骨頭能閒適的在裡面泡澡。老男人坐在椅凳上，穿著白色內衣，那是他身體唯一平整的地方。也許我們打擾到他皇帝大的食飯心情，老先生說什麼也不肯跟村長伯握手。在一旁的歐巴桑一動也不動，透過下垂的眼皮看著突如其來的隊伍。

——各位鄉親大家好，咱鄉長候選人來到這，要跟大家請安。

白助理透過大聲公放送，雖然說是「大家」，其實就是說給老先生聽的。那老先生也真不會做人，一般在市場裡候選人只要揮揮手，大家自然就會揮回去。老百姓有什麼機會可以看到做官的呢？即使遇到敵對陣營的、不喜歡的候選人，加減還是會微微笑一下。閣再講，民主政治哪有敵對這種事，大家只是意見不同，互相良性競爭而已。

一群人圍著老先生。即使外邊豔陽高照，光線也只能經過砌了一排一排磚仔條照進來，五顏六色的競選背心在屋子裡黯淡了下去。一頭還有磚頭疊起來的灶，灶台上面加裝了瓦斯爐，角落的幾口甕張著大嘴呼叫。負責文化的幕僚心想，要不要請老先生捐獻幾項家具給本鄉的地方故事文化館，展出來見證鄉土風情。

——咱候選人來到這，欲向大家請安問好。

大聲公又說了一次。村長伯拿出絕招，那是印有他名字的運動網帽。他自己也有戴一頂，就夾在他的腋下。作穡人[6]（tsoh-sit-lâng）最難以拒絕這樣的宣傳品，不要說一叢頭毛天天要在日頭下曬，就連帽子的叩帶也常常被烤斷。村長伯在這方面沒有簡省，遞上真材實料的聚酯纖維同名選舉帽，由他替大家擋風擋雨擋太陽，吸濕排汗又快乾，低磨損高

6　農人、勞動者。

韌性，一頂可以抵十頂。

「你不是被詛咒的那個嗎？我才無咧贛，跟你握手會衰。」老先生這麼說。

「火上添油，黃家絕後。」這句詛咒是這麼說的。

在那之後，村長伯就一直惴惴不安。白助理跟他說，別傻了，這樣的事怎麼能相信呢？都什麼年代了？還是一步一腳印的到市場拜票，舉辦重陽敬老晚會、中秋烤肉，老老實實的和鄉民培養感情。

村長伯忍不住，回家問老夫人有沒有聽過這回事。

在正對馬路的競選總部裡，老夫人直搖頭，說她活這麼久沒聽過類似的傳聞，要村長伯放聰明點。老夫人已經不住在老洋房裡了，那是正室的財產，即使他們都搬到國外去了，還是保有那棟房子的名分。她現在住在村長伯為她買下的別墅裡，離競選總部只有幾十步之遙。老夫人不習慣享清福，白天總是走到總部裡坐著，幫忙把傳單裝進信封袋，或把文宣摺成三摺，好讓黨工放到人家的郵箱內。重複性的工作像摺金紙，有安定人心的效果。

一開始，白助理哪敢讓老夫人坐在塑膠板凳上，彎腰摸這些細碎的紙，可會長骨刺的，連忙奉茶給老夫人，請她到茶几上坐坐。

「無要緊……」

「哪好意思啦！老夫人起來坐，毋通去傷到身體。」

「無要緊啦無要緊！」

以上的對話重複了大概十次，白助理才肯罷休。堅持到最後的人是老夫人，她一面默念不知道什麼的咒語，一面摺她的競選文宣，專注而虔誠的工作著。如此重視送到鄉親手上的這一張紙，事必躬親，這就是黃家親民之處所在了。

老夫人的能耐不止於此。那時黃家事業正興旺，記帳、打掃碾米廠、招呼工人，老夫人什麼事都自己來。反過來她就無暇顧及年幼的村長伯，不像襁褓時天天將他圍在胸前。小村長伯在地上爬，竟抓起黑狗庫洛的大便就要往嘴裡塞。這些事是村長夫人說的，村長伯在一旁叫她閉嘴，但她不肯。

老夫人補充道，當黃家大宅再度經濟起飛，裝了閃亮亮的陶瓷馬桶，資遣了挑糞的長工阿榮，年幼的村長伯非常興奮。小村長伯沒看過便所，要往馬桶裡面去泅水，水池總是對孩子有著致命的吸引力。不知道是誰沒留心按了沖水，村長伯小小的身體本能性的動了起來，左手右手交替划水，濺起了水花。從那時起，老夫人就特別疼惜這個兒子。

「對矣，這毋通寫。」老夫人朝我搧了搧手。

「攏過去矣。」

「對，攏過去矣。」

為了挽救這尷尬的局面，我試著問村長伯，有沒有什麼影響他的重大事件。我提示道，許多人都說童年會決定一個人的性格，成功與否，都在童年打下了基礎。他低頭想了想，安靜了好一陣子。

他說起四十多年前的夏日。那時候我們鄉裡的埤塘還沒填起來變成現在的鐵皮工廠，坦蕩蕩的曝在外頭供人取用。連帶的，自家沒有井的窮苦女子，都到這裡來跳潭自殺。一些不諳水性的孩子，下水游泳後也都沒有再上岸。那座埤塘有時被稱作鬼仔埤，許多父母人家不准孩子到那座埤塘去。黃家身為大族，自然是極度保護自己的子孫序小，告誡他們千萬毋通倚近鬼仔埤。

身為么子的村長伯和大兄落差近十歲。阿兄在學校練田徑比賽，功課不錯，國語也學得比他快很多。當他阿兄已經保送省立一中，不用煩惱考試，他還只是個沒上小學的囝仔，做為么子，他自然崇拜大兄。

熱天休假，村長伯不知因為做錯了什麼事，被黃大水罰在家寫字。面對大好的天氣，村長伯就只能在九宮格上填筆畫。阿兄騎著鐵馬在庄裡四處遊盪，說是要在離開這裡去念一中之前，好好把村子遊歷過一遍。鐵馬是黃大水給阿兄考上學校的禮物，那時許多路還沒有鋪柏油水泥，鐵馬就在碎石上咚咚的震動。村長伯覺得那台高級嶄新的鐵馬十分可惜。

「阿兄，鐵馬借我騎。」

「欲騎去佗位，我和你做夥騎。」

「無愛，我欲騎。」

「若是摔車欲按怎？」

「我毋管，我想欲騎看覓，是按怎你會使，我就袂使？」

「按呢予你騎，我坐後壁。」

阿兄沒有特別疼愛村長伯，也不會特別欺負他，這讓他感到很不是滋味。

村長伯指著舊街說，再過去那頭以前都種滿了黃槿，奉茶的水壺放在黃槿樹下，農人休息時分在底下聊天。車子沿路騎過去曬不到太陽，有的都是樹蔭下的風。他們的車輪輾過心形的枯樹葉，離街庄越來越來。枯樹葉也越來越厚，變成一層柔軟的地墊。

是一片反射了日光讓人睜不開眼睛的水，水上飄著像島一樣的浮萍。它們從水田旁的溝渠飄過來，或從這裡繼續飄向更遠的溝渠。那樣的水怎樣看都不像名字那樣陰森。

「我想欲落去泅水。」阿兄大膽的提出邀約。

「袂使，阿母會罵。」

「你總是這呢軟弱。」

「毋是我軟弱，身軀若是澹澹[7]（tâm-tâm），一定會予人發現的。」

7　濕。

小村長伯定定站在腳踏車兩旁，屁股附在座墊上。

但阿兄反駁，回去的路上，水會被風給吹乾。

「但是萬一被看見，傳回阿母的耳裡，不是被罵得更淒慘。」

「予人看見又按怎，是按怎佇（tī）遮就袂當泅，敢是因為叫做鬼仔埤？你驚啥物？」

「好，無咧驚，欲泅就來泅。」

村長伯說他那時就是這麼大聲的回應哥哥，喊完便跳進水中，浮萍像遭受暴風的漁船在水面上晃盪了起來。

「細意啦！」

阿兄也嘩的一聲跟了進去。

水沒有想像中深，小村長伯露出半截胸坎，站了起來但不能用力踩踏，底下是綿密的爛泥巴。爛泥巴就不知道多深了。

那時候埤裡面有南洋鯽仔、香魚、錦鯉，村長伯拗著手指頭數數。這些魚有個共同的特點，就是都可以吃。他想抓來加菜，興奮的在水池裡拚命起來，追著魚尾巴。但想想不對，如果被阿母問起魚是按怎來的，毋就會煏空（piak-khang）。

他好奇了起來，爛泥到底有多深呢？

他跳上阿兄肩膀，用身體的重量要阿兄往下沉。阿兄雙腳交替踩水，腳下好像踏了實地，並沒有被往下壓半分。

「哈哈，你欲耍（sńg）這？欲耍就來耍。」

阿兄像一隻泥鰍從村長伯的臂彎中下潛，一轉身就溜到小村長伯身後。

小村長伯奮力向前游，阿兄要來抓他了。他想像自己是一隻魚，一隻他自己很想吃的魚，甩動下半身圓轉的游走，再怎麼努力，頭前的浮萍仍然在面頭前。有雙手拖住他的腳了。

混雜著見笑、憤慨和毋甘，小村長伯把自己當做牙膏從身軀擠出氣力來。僵持了好一陣子，卻遲遲無法掙脫。

於是他吸了一大口氣，倏地將頭沒入水中，腳順勢往下縮起，從阿兄的虎口鑽了出去。他的身體慢慢下沉，細小的泡泡從嘴巴離開，臉頰有水藻劃過。水面漸漸沒有了波紋。

——阿川仔！阿川仔！

阿兄如青蛙般踢腿，把頭露在外面，大喊他的名字，再傳到他的耳裡去。親像他們隔了一面牆在不同房間。

——阿川仔！阿川仔！

黃槿樹那邊也傳來回音。

——阿川仔！阿川仔！

阿兄越來越慌張，他就越來越高興。他壓抑住自己的狂喜，憋住自己的呼吸，就算將要忍不住了。

嚇！

他從水裡跳出來，手上貯著沉甸甸的石塊，看到烏影就擲過去。

一連丟了好幾顆，手心裡都空了，這次換做阿兄沉到水裡。

大中午，很少人過來鬼仔埤這裡予日頭燒。他學阿兄緊張的大喊，喉嚨做出顫抖，兩隻手環抱護著自己的頭殼，一步一步劃過波浪。

——阿兄！阿兄！

照在水埤上的陽光和天上的一樣耀眼，好像只要時日一長總有一天可以把水曬乾。小村長伯見到水上有個黑影緩緩浮起。

——阿兄！阿兄！

他放下抱在頭上的兩隻手，謹慎的走上岸。柔軟的泥土在底下隨時可以吞掉一個人。

當踏在乾硬的石頭上，他就快步奔跑起來。

結果還是被阿母發現了，免不了是一陣毒打，毒打是應該的。也恰好有個農人正要去園仔內的田地，半路上看到小村長伯死命的騎腳踏車。等到村長伯當選了村長之後，淤塞的鬼仔埤只剩當時的一半，村長向公所爭取了一筆經費，用水泥將埤塘填了起來，蓋工廠是更後來的事。

這是那一次，那一次阿兄沒有死掉。

村長伯說完就即刻站起來，去忙著照鏡子，他一天可以刮鬍子、洗臉四五次。我不禁想起一則流傳在我們村莊已久的傳說。也許有大半的人不知道，但到了現在無論鄉土教育發表、農會產銷推廣，都會請當地國小的小朋友將這則傳說演成舞台劇。村長伯鐵定看過不下百遍。

在村長伯上台致詞的那一場雞蛋文化節活動，這則贛孝港傳說是由坎頂國小中年級學生主演的。戲搬演結束了後，便輪到村長伯上台，也因此他看得特別詳細。

——據說在清國時代，我們這裡有一位大力士贛孝港。

小男孩穿了用尼龍繩撕成細長條的彩裙，對別在嘴邊的小蜜蜂呼了呼氣，確定音響運作正常後，字正腔圓的說。說到大力士的大字時，他雙手伸直對空畫了一個圓，在舞台下看起來卻還是那麼小。

——他能一隻手抬起新娘轎，一隻手舉起裝滿米的甕。百斤的大石頭也難不倒他。

走出一個高兩顆頭的男孩，他只圍了丁字褲。全身上下都被太陽烤過，連大腿也曬得黝黑，想必是什麼球隊田徑隊的，被老師徵召來演戲了。一位歐巴桑指著台上說，是我家小季、是我家小季。

——大家都說他是石頭神轉世。

一張灰撲撲的雲彩紙，中間挖了孔，露出稚嫩的小臉，想必是個人緣比較差的同學。

——下過雨後，牛車都陷在泥濘路上，鄉民得拜託贛孝港把牛車拖出來。

一群穿著長袍的男孩女孩圍在保麗龍做的牛車旁，慌張的說怎麼辦怎麼辦。身上的長袍對襟開口露出T恤圓領。丁字褲男孩裝做很費力的樣子，皺著臉把保麗龍牛車抬起來。大家都拍手叫婧啦。

——但他也很調皮。有時看到牛車經過，會從後面拉住牛車，不少老牛因此無法前進。對此鄉民們十分困擾。

長袍男女孩雙手叉腰，擺出臭臉。

——村民不堪其擾，想出了個好辦法，把他騙到一口井裡。

這班老師應該花了很多時間做道具，竟然用紙板黏貼出和孩子等高的半圓形桶子充作井。丁字褲男孩一躍進到圓桶裡，觀眾可以從切面看到丁字褲小男孩，台下大聲拍手。

——大家搬出準備好的大石頭，合力把大石頭丟到井裡。

又是剛剛飾演雲彩紙石頭的孩子。

——贛孝港用雙手把石頭托住，並沒有受到傷害。

雲彩紙石頭的那孩子被丁字褲男孩舉起，腳離了地，臉上露出驚恐的表情。

——大家就朝裡面丟更多的石頭。

更多的保麗龍球。

——於是贛孝港就死掉了。

小演員向台下鞠躬接受歡呼，我卻覺得莫名其妙，半小時的生命完完全全被浪費了。到現在我仍搞不懂這個故事要傳達的道德教訓是什麼，趣味又在哪裡。

有人拍了拍我的肩膀，給我一張衛生紙。我左看右看，在我身邊的村長伯眼角結了目屎。我從助理手上接下來，幫忙傳遞衛生紙給村長伯。演得很好、演得十足好，有機會我要請他們再來演一次。村長伯拊掌，然後拉一拉自己的背心，清了清喉嚨，便走上台去。

別提了，別提了，都是以前的事了。

在那之後，村長伯給了我們一個激昂又笑詼的演講，大意是一般人家看到蒼蠅總是要趕要打，但在我們鄉看到蒼蠅可要高興了。今早來的路上看到那麼多蒼蠅，本年度的雞蛋又要盛產了。他一方面唱旺農產，不忘宣揚選對人的重要性。

選舉工作日復一日，村長伯總應對得宜，該上台露面講話的本人準時到位，該送禮祝賀的也都寄上氣派的花圈。沒意外的話，總有一天他會當選鄉長，再之後的總有一天會當到縣議員，至少老夫人是這麼以為。

黃大水去世後，老夫人身體已大不如前，她得扶插在旗座上的宣傳旗杆才站得起來。

旗杆自然而然成她的枴杖了，直到有天村長伯以為又被對手拔旗才發現。他勸她用好點的東西，買了真正的枴杖給她。老夫人並非不懂享受，她總戴一串珍珠項鍊，穿碎花長裙，堅持著她的步態走路，一點也不輸中央的官夫人。偶爾偶爾，她才會感嘆做了那麼多犧牲，剩下的這個兒子仍仕途不順。

在我們這種小地方選舉尤其激烈。即使位置只有一個，還是會有兩個以上的候選人。即使候選人都是黨栽培的，彼此還是會殺個你死我活。各位鄉親，要知道你的一票還是非常重要的。

要使人認識一個候選人，還是得靠傳統的辦法。凡是村裡面有人結婚有人生有人死，村長伯必定不遺餘力的到現場。一輩子當中有哪幾天會記得特別清楚呢？不就是生命中喜事和至痛的事發生的那一兩天，在這個時候出現最划算。

以前喜事總跑不完，村民愛請客，除了結婚，孩子出世、孩子滿月各吃一攤，有長輩老人生日也擺流水席。近來風氣變了，輓聯送到缺貨。村長伯列下德及鄉梓、名流後世、音容宛在等幾個固定的愛用成語，從裡頭互相替換，以免讓喪家發現收到和別人一樣的輓詞，但仍難以避免相同的字詞同時出現在村子裡。

彎腰也是必定會做到的，村長伯是非常骨力的候選人。然而畢竟身體是肉做的，村長伯到最後有骨無力，實在受不了腰痛，便在背心底下纏了一圈護腰。村長伯不只是現身做模樣，還會幫主人家打點禮金，有需要急難救助，一通電話就能幫主人家找到棺材。之前有間小吃店因為瓦斯桶沒注意好，店面去給火吞掉，一家四口頓時無法生活。村長伯利用村里晚會募款救賑，四個人的性命就這樣暫時有了出路。

從早上七八點到晚上八九點，除了睡覺，村長伯大多在外面跑，跟在他身邊的我，多少是嘗到了苦頭。

一整日的辛苦若有老夫人的飯菜，就不那麼難以忍受了。鄉下老人家通常都六點吃飯，吃完飯看完連續劇就睡了。但老夫人總會炒一些手路菜等村長伯回來，大半夜的鄉下沒賣什麼正餐，吃外面的胃會害害去。三色蛋、炒過貓一些現在不常見的家常菜在村長家上桌了，這是幾十年下來老夫人掌廚房忙祭祀炊粿打下的功夫。

月亮照在厝門前的坡道，白天來找村長伯喬事情停在門口的機車都回去了。白助理、我、村長伯圍在茶几前吃老夫人的料理，看著坡道上安靜的月光。老夫人最喜歡我們稱讚她，即使每次稱讚的方式都相同，她依然露出相同不減的欣喜。

那是在老夫人跌倒之前。她那時候雖然脊椎僵直站不穩了，雞爪一樣清瘦的雙手還是可以舉起鼎。

「無閒選舉，嘛是愛休睏，毋通共身體拍歹去。」

在我看來，老夫人和全天下的父母一樣，把村長伯當做孩子飼養。

「這嘛是越來越歹選。」村長伯的嘴裡塞著櫻花蝦說。

「咱無做毋對啥物代誌，樹頭徛乎正，毋驚做風颱。」

「這遍有人講我是黑道出身，講我……烏西[8]（oo-se）過、賄選過。」

要證明自己清白，是全天下最麻煩的事。就像要證明天下沒有白的烏鴉，得把所有的烏鴉都抓出來獻一次。

「他就沒有賄選過嗎？真正莫名其妙。」

「對，也不想想過去做過多少齷齪事。」

「講到以早，咱庄內的廟小小一間，壁攏落漆落漆。」

「對，哪像這馬，像是百貨公司新點點，還貼大理石磁磚。」

「以早只有咱兜有馬桶，這馬人人厝內攏有矣。這毋是進步無是啥？」

「有了馬桶以後，我倒是沒時間上廁所了。」

「閣祕結？」

「對啊。」

「加吃寡青菜。」

8 行賄。

「會。」

在這種時候，候選人才有了人性。

但當我指著報紙，上面刊載著敵對陣營對我們賄選的告發，里長伯又說了。

「這些記者又不在我們這裡，憑什麼對我們指指點點呢？」村長伯正色的看著我。

「真的，你們不要被那些人煽動了。」白助理附和。

「我說啊，你們年輕人還是不要弄政治好。」

「沒錯，要弄我們來弄就好。」

「阿川，愛好好顧身體，愛活了比蔣經國較久。」老夫人也加了進來。

「他也沒活多久，好像才七十幾歲吧！」

「你知我的意思，愛活落來就對矣。」

「沒錯，活下來就是了。」

照在機車坡道上的月光挪動了一些，競選總部拉下鐵捲門，摩擦鏽蝕軌道的聲音在村子內回響。如果鬼仔埤還在的話，想必月亮投在水上是圓滿的。只有在那樣的時候感覺不出選舉已經進入白熱化的最後階段了。

彼一陣我每日攏睏袂飽，畢竟要選鄉長，格局不同了。行程沒有最滿，只有更滿，儼然是一場體力的比拚。村長伯計畫著一場大型晚會，他要在那場晚會大翻盤、大洗牌，來個話題性的引爆。白助理被操得不可開交，聯絡廠商、找上頭站台的人物、製作紀念品，沒有一項不是硬功夫。

「喂，緊來啦緊來啦！我現在在東村跑行程，這個你要寫進去。」

我不時會在睡夢中接到這樣的電話。是隔壁村的村民旅遊，村長伯大清早就到集合的廟埕，站在遊覽車底下揮手致意。淺眠早起的老人們一個一個走進遊覽車，扶著欄杆小心翼翼。他們像是要去畢業旅行的小學生，有無盡的話題可以交談。村長伯左擺二十度右擺三十度，以每兩秒揮一次的頻率持續著，直到遊覽車的柴油煙味消散為止。

那是在選舉前一個月，六十多歲的村長伯跑完清早的行程，離十點宴會潮開始前，還有一段空閒時間。他拉著我跟他上村裡最大的王爺廟拜拜。王爺廟位在村子正中央，原先的木造結構腐蝕得厲害，村長伯幫忙出力募資翻修。整建後變成村裡最高的建築，可說是本鄉一〇一，光是大廳藻井就挑高五公尺，許多麻雀燕子飛上去築巢。

一進到廟廳，我們就被啾啾的鳥聲包圍，更顯得王爺廟靈聖，彷彿到了天上。唯一的壞處是得提心吊膽鳥屎從頭上落下。

村長伯點了九炷香，跪在跪墊上，把香舉到自己的額頭，雙眼緊閉了起來。如此一來他的頭頂就完全不設防。該不會還在擔心什麼詛咒吧？他嘴裡喃喃默念，把生辰八字戶籍住址身分證號都念給了王爺，絲毫不忌諱個資外洩。至於他許了什麼願，我就沒聽清楚了。

搶救！搶救！到處都是搶救的旗幟。以往喊搶救只是為了要催票，讓選民們出門蓋上那顆印章，覺得自己完成了一件更大的事。但這次的確是村長伯選舉生涯最危急的一次，抹黑在前官司在後。或許因為這樣，他才在王爺面前跪那麼久吧！

但有很大的可能，王爺並沒有將村長伯的祈願聽進去。過不久，老夫人在把競選總部門口的布條拉平時跌倒了。白助理說她有拉著老夫人，但老夫人堅持要到外頭去，怎麼勸也說不住。即使白助理立刻到外面去整理布條了，老夫人也不肯，要她自己來才安心。

她看不慣的說了一句，唉，這布條怎麼跟村長伯本人的襯衫一樣皺。她拉著布條的四角，就像兒子在她眼前，而她拉著兒子的襯衫一樣。

誰知道有人把旗座放在水溝蓋上。水溝蓋最怕下雨，下過雨滑得不像話，而老人最怕跌倒。老夫人沒說什麼，自己扶著旗杆又站了起來。白助理看見她靠在牆邊沿著盆栽緩步的背影。她猜想老夫人是要回家休息了，便回頭去忙自己的，再看到老夫人已經是晚上。

當晚就是晚會來臨的關鍵時刻，村長伯叫我回去睡飽點，準備好紙筆，務必提早到運動公園。他要全力反擊，一定得記錄下這光榮的勝利。那些抹黑他是黑道的，說他背骨的、黑金的，都走著瞧吧！他的拳頭朝向天空揮去。

運動公園原本有一座直排輪溜冰場，從來沒看有人用過。經過一番檢討，溜冰場的欄杆被拔掉，順理成章變成一座廣場。由於是風水福地，現在許多人晚上騎機車來到這裡，熄了引擎，手靠在儀表板上，守著手機抓寶可夢，度過清涼的夜晚。

那天下午我提早到會場待命，音響公司的卡車停靠在路上占去整個車道，幾名穿背心的工人趕著搭舞台。造勢用宴客花車已經不夠看，村長伯吸收了新的行銷概念，安排樂團演奏、歌唱表演，要來個新春特別節目式的造勢晚會。當然也請來了本區的縣議員候選人，聽說縣長也會來。

搶救！搶救！運動場的四周到處插著旗子，寫著搶救。

很多傳統的政治人物七早八早就會在入口處握手打招呼，村長伯說這樣的觀念不時行了，無法得到年輕人的認同。出場的那一剎那才是重要的，演唱會歌星延遲登場反而更讓人期待，前面應該交給暖場的人。

遠遠的見到白助理揮舞著旗幟，還不到四五點，現場的塑膠椅就被坐去大半。支持者多是我們這一村的，這真的要感謝各位鄉親的支持與愛戴。隔壁村警察之友、農漁會的人也都到了，陸陸續續從遊覽車上走下來。

這場晚會經由村長伯精心設計，找來以前歌廳秀退休的歌手，演唱的曲目是村長伯的愛歌串燒，最囑意的國小戲劇團也帶來贛孝港的故事。當然不會忘記邀請學校合唱團、舞蹈團。當天這些學生的家長通常會來，爸媽來通常阿公阿嬤也會來，一兼二顧。

據白助理的說法，晚會還沒開始，印有村長伯頭像的 200ml 裝礦泉水已經被領完了，村長伯的人氣真是扶搖直上。但也可能是和黨主席合照的關係，大家想把黨主席帶回去收藏，畢竟主席的粉絲不少。白助理透過對講機通知後台，後台透過對講機告訴接待處，接待處透過對講機，總算找出一個空缺的人開車回競選總部，搬來十箱礦泉水。而在無線電波上，他們也都在問另一個問題，村長伯在哪裡？

那時我離開了會場，和村長伯在老夫人的房間裡。就只有我們兩個和老夫人，傍晚我們才知道她白天跌倒了。留守在厝內的村長夫人覺得奇怪，牆壁怎麼一直發出怪聲，以為是隔板裡有老鼠。但鋼筋水泥建造的哪來老鼠？村長夫人握著掃把走上樓上，接近那抽水馬達一樣巨大的聲響。只見老夫人臉色烏紫，喉嚨卡了一口痰，指甲抓著木地板。

村長伯誰也沒通知，就從會場趕回家。等到他用吸管把痰吸出來，老夫人才稍微甦醒。村長伯打電話跟白助理說，他晚點再到會場去。聽筒上，白助理沒提起下午的事，只說老夫人到服務處坐了一會就回家去，訝異怎麼會突然發生這樣的事。

「阿川仔，阿川仔……」

有點意識後，老夫人以為是她自己獨力走上二樓，躺在白綢鋪成的床單上，拉起牡丹紅棉睡了長覺。

「阿母，我在這。」

「阿川仔，我跤有夠痛啊！」

「忍耐一下，車子馬上就要來了。」

「閣有啊，我頭眩眩。我這陣佇佗位呢？」

「佇厝，佇厝。」

「敢是？遮佗位成咱兜矣？哪會攏是你的相片？你敢是死矣？」

「現在在選舉你忘了嗎？你看那邊牆上有掛一張阿爸的相片，很年輕吧！」

「真正是咱的厝啊？」

「是啊！」

「恁大姊閣有你大娘咧？」

「他們都出去了，有的在台北，有的在美國啊。」

「那好，終於把他們趕出家裡了，那你阿兄呢？」

「他不在啊，他不在很久了。」

「你說，恁阿兄伊敢會轉來？」

「會，你等我，我選著就去揣伊轉來。」

「好啊，也好佳哉你咧選舉，咱兜才有存後步。」

「對啊，選一世人矣，會選著的，錢攏開落去矣。」

「阿母對你有信心。」

「我也要對自己有信心。」

「當初恁阿兄真正是，按怎講攏講袂聽，講是欲補償恁老爸的過錯。」

「阿爸做毋對啥物？」

「好親像是去告發隔壁的先生吧！」

「哪會是做毋對。不是他自己去自首的嗎？」

「好像都有……」

「這樣啊，沒人知道了吧？」

「都過去了，都過去了，再講也不會讓你選上。」

「對，再講也不會讓我選上。現在選舉都是硬碰硬。」

「對啊！硬碰硬、仙拚仙，你要硬頸一點。」

「像阿兄那樣嗎？」

「不用到那麼硬。」

「我懂的。」

「他們都說忠孝不能兩全。萬一有按呢的一日，你會當莫管我，好好為國家付出就好！」

「是的。安呢阿母，我先來走，我先去會場。」

「最後閣有一件代誌。我不要搶救，我不要搶救。你有聽到嗎？」

「有，不要搶救，不要插一堆管，也不要壓胸坎。」

「也是你上蓋友孝。」

那個晚上沒有月亮，關上燈房間就全暗了。老夫人躺在床上，黑暗中笑著看我們離去。她再說了一次不要搶救，村長點了點頭退出房間關上門。已經不能再拖了。

在運動公園的舞台下，縣議員候選人，同時也是現任的縣議員，已經搭車抵達後台。原本預期黨部只會派個中常委，竟然有院長級人物出現。助理跟他們按搭說村長伯回家見母親一面，馬上就來了，絕對不會遲到。候選人們和黨部來的幹部兩兩互相握手，打照面順便寒暄幾句。如果有十個人，每個人都要和其他人握到一次手，那需要握幾次手呢？高中的數學我是還給老師了。

搶救！搶救！村長、縣議員都需要搶救，只有各位鄉親能保他們平安。

為了讓村長伯趕回現場，白助理調動了活動次序，由坎頂國小戲劇團先上場，帶來這齣精采的贛孝港。贛孝港原先令人印象深刻的丁字褲換成了小短褲，可能是因應大場的表演，調整成適合闔家觀賞的等級。

——村民們往井裡丟石頭，贛孝港用雙手托住，並沒有受到傷害。

灰撲撲的雲彩紙又和大家見面了，飾演石頭的孩子兩頰鼓著飽滿的肉，努力維持石頭該有的表情。贛孝港托著石頭，表情凝重。

——大家就朝裡面丟更多的石頭。

這回卡司更大，飾演鄉民的小朋友塞滿舞台，看來是全班都出動了。他們紛紛拿起塗上灰色顏料的保麗龍球，朝著穿小短褲的贛孝港丟過去。有人丟太大力，保麗龍球打在贛孝港身上又彈了回來，掉在舞台上慢慢滾下台。

——於是贛孝港就死掉了。

寬闊的廣場只剩台上一束聚光燈，男孩的膝蓋撞在台板上，撲倒在燈下。他躺在那裡像熟睡，連呼吸也難以察覺。觀眾變成黑壓壓的一片影子，偌大的運動公園好像也隱去身形。燈光慢慢熄滅，連男孩也看不見了。地平線上那場狂歡會暫時沒有了聲音。

直到微弱的黃光漸亮，背景燈入場。才能依稀看出反射的乾冰微粒，從兩側瀰漫到舞台中間，那個雲、那個霧，從山裡來的一樣。等睜大的雙眼看得清楚舞台的時候，村長伯回來了！他和縣議員、院長、現任鄉長手牽手連成一串，伴隨史詩氣魄的電影配樂。木棍落在腳尾鼓上，咚咚隆隆整團鑼鼓社跟著動了起來，有的揮動手臂有的晃著頭。

——各位鄉親，歡迎我們的候選人上場！

縣長和黨主席站在中央，他們兩人牽起手的位置恰巧是舞台中線，油頭被照得讓人不能不想起焢肉飯的油光。他們雙手舉起又放下，舉起又放下，連做三動。村長伯的手被縣議員抓著，手腕被凹折到盡磅，但他不敢出力把縣議員的手折回來。站在末端的村長伯眼睛不時看向中央，隨著主席和縣長的節奏，把手舉起又放下，舉起又放下。

——各位鄉親，這次選舉有風有雨，有抹黑有批評，我們一定要團結！要團結！

台下每個人揮舞同樣的旗子。在市場殺魚的、種花椰菜的、賣麵包的、當國小老師的、在公所當職員的，都能揮動其中一面，忘記工作的氣憤、親人的死亡、賠錢的生意和還沒有拖的地。

——我們不能讓別人唱衰，不能讓別人摧毀，不能讓別人扯後腿。

村長伯提起定在舞台上的皮鞋，轉動了半圈身體，用尻脊骿看向群眾。

——各位鄉親，請仔細看，這不是刺龍刺鳳，這是胎記！

他拉起黑長褲，露出一隻潔白軟嫩的腿，還有大腿外側的那塊斑痕。這樣可以上全國性的版面了吧！他想。很可惜他沒辦法看到群眾的表情。然而即使他面向群眾，在日頭一樣的照射燈底下，他們只是烏暗暝裡的一片烏暗。

——當選！當選！

那就只是一塊胎記而已，幾十年來沒有退去，也沒有擴大。跟著村長伯出生，也要跟著村長伯老去。黨主席、縣長、縣議員都站定在台上，保持微笑和風采。他們偏過頭看村長伯把捲到大腿的褲管放下，扣緊了皮帶，又慢慢轉過頭來。

——當選！當選！

村長伯的雙腳開始微微內縮。事後他告訴我，那是他近幾個月以來第一次有便意。

——當選！當選！當選！

村長伯想起老夫人叮囑的那些話，無聊的詛咒、過去的憾事都不在他心頭上了。從舞台上夠高得可以望見王爺廟的屋簷。在我們面前的只有未來，只有建造更多通往本鄉的馬路，只有讓本鄉更繁榮，不再讓我們落後，不再讓我們是一個沒人注意的偏鄉。但這都不是村長伯一個人可以做到的事，他需要各位鄉親的幫忙與愛護，鼓勵與支持。讓我們一起送他進鄉公所吧！

# シャツ（襯衫）[1]

雲玲回來之後住在小顯家隔壁。房子是小顯的祖父阿源公留下來的，過去老人家認為有土斯有財，不會那麼輕易放掉田產。中年一輩還有些這麼以為，時常告誡兒女沒有房產的不娶，沒有田地的不嫁。雖然聽起來過時，但平心而論，人如果信奉這句話照著做，到了現在應該有一筆不小的積蓄了。

因為這樣的觀念，阿源公在舊街最繁華的時候買下了三連棟。那是半個世紀多以前的事了。即使開了新道路，車子從另一側繞過去，舊街逐漸安靜下來，阿源公還是捨不得把它賣掉。

這樣也好，阿源公現下越來越淺眠。如果像以往一樣，整晚都是歐兜邁（oo-tóo-bái）的聲音，是要怎麼睡覺。

1　台語羅馬字應作 siat-tsuh。

阿源公自己住在面向屋子最右邊那間。中間的立面最高最有派頭，給了小顯他爸，也就是阿源公的先生囝。村裡的人都叫他溫醫師。

從國小校長的職位退休以後，阿源公大多時間和他查某人窟佇厝內。若不是有什麼校友會、婚喪喜慶、宗親聯誼，他鮮少踏出屋子。他趕在五十五歲前退休，不然聽說退休年紀又要往上調整了。阿源公的好日子是太長了，平常人若長到這樣，日子的好也會被沖淡。但阿源公惜福惜緣，日日都嘗得出一些不同的滋味。

有房子，有兒子在身邊，不想要有太多改變，也想不到會有什麼改變了。

那一日，雲玲收拾行李袋，踏上十多年沒有回來的舊街。是以往西點麵包店剛出爐的下午三點，路上飄著溫溫淡淡的麵粉味。家庭理髮的剃刀照常嗡嗡作響，雜貨店的頭家剛加盟了便利商店換上新招牌。

土狗西洛在阿源公的腳邊趴著休睏，靜靜感受從地上傳到肚子的涼意。忽然牠豎起耳朵，把正在睏晝做夢的阿源公從藤椅上吠出一身凊汗[2]（**tshìn-kuānn**）。

雲玲穿著一件襯衫，白色的，讓她像是個銀行員。她左右兩手各拎了幾乎和自己身體

2 冷汗。

一樣大的袋子，筆直的往三連棟走過來，沒有在途中放下來稍做休息，沒有跟她阿爸打招呼。

她向旁邊過去，站在房子門口，沒看見大弟。一名女子請她先進去坐，她身上圍著的絲巾，雲玲不得不去注意，誰會在家裡披著多餘的裝飾呢？絲巾半透明帶點水藍色，點綴著淡雅的白花。

雲玲告訴她，先去忙吧，她坐在那裡等就好。

不，我幫你打個電話，那名女子說。

對了，叫我沙莉就好。

離開之前，雲玲的大弟溫醫師猶是孤身，許多長輩爭相介紹女子給他。想必這個沙莉終結了這樣的狀態。

這段期間外牆被天氣保養得很好，南方的石磚少有雨痕也少被曬裂。倒是大同電鍋不知怎地壞了，換了一台日本進口的電飯鍋。電飯鍋的功能比起來少許多，不能炊粿也不能滷肉，這可能並不影響沙莉。但對雲玲的老母親來說，沒有電鍋可就不是這麼一回事了。

鞋櫃上有幾雙小號的鞋子，後面擺了一張小板凳。桌子旁邊也放了幾張低矮的椅子，椅背上畫著熊、兔子，眼睛有些歪斜，大概是盜版的圖案，但還是可愛的。

當她看得出神，沙莉走了回來。沙莉告訴她，溫醫師在看診，實在是沒辦法離開，即使要也得花上半小時。但他要沙莉轉告她，這次都由他作主，要她不用擔心。

沙莉說，她得先出門去接孩子了，要雲玲在客廳自在一點，遙控器拿去轉。雲玲原本要說她不看電視的，但還是按了開關鍵，不看電視就得一直安靜著，或不得不和沙莉聊天。她還是做一個好相處一些的客人。

小顯先進了屋子，沙莉才跟在後面。沒過多久溫醫師也回來了。雲玲坐在沙發上，對小顯點了頭。那是她第一次見到這個孩子，他比預期的活潑，不如溫醫師小時文靜，那時雲玲會故意抓杜伯仔[3]（tōo-peh-á）來嚇嚇這個弟弟。小顯對她揮了揮手，溫醫師指示他要叫姑姑，他發出響亮清脆的叫喊。雲玲不太會應付孩子，逐一問他幾歲、讀哪裡，小顯一面回答一面咯咯笑。

三連棟最左邊那間平時拿來堆放雜物，囤了一些診所裡沒用到的儀器、診療椅。溫醫師讓人把可以變賣的都清空，整理出了一層樓，讓雲玲住了下來。

從那時起，雲玲在餐桌上就坐小顯隔壁。小顯坐在高腳桃木椅上，構不到地板，兩條小腿懸在空中晃著。等小顯的腳越長越長，碰著地面了，他才發現家裡不會因為雲玲姑姑

3 螻蛄，昆蟲名。

而多幾道菜。

「去叫雲玲姑姑來食飯。」溫醫師習慣穿著一件白色內衣，早早在沙發上看新聞。襯衫掛在門口的掛衣架，領帶躺在鞋櫃上，鞋拔靠在牆角立著，是買名牌皮鞋送的。

「你自己去叫吧！」陳沙莉煮完粥，才回房去把自己的頭髮梳整齊。紅色的指甲沿著扶手而下。

「小孩子嘛，讓他出去走動走動。」溫醫師說。

「我們這條路那麼多車。」

「車少很多了。」

溫醫師依然催促小顥到隔壁去。

「那要不要叫爸順便過來吃？」陳沙莉問。

「不，不必了。老早就端過去了。」

「誰端的？」

溫醫師不說話，只繼續看他的報紙。

反正小顥也喜歡到雲玲姑姑那邊去，他可以暫時不遵照媽媽的限制，用姑姑的電視多看幾分鐘的卡通頻道。

「大姑！大姑在嗎？」

小孩子叫長輩總會加個大字。雖然和自家是同樣格局，姑姑那邊顯得空曠許多。

「等一下……」

雲玲姑姑講話像在磨砂紙，從樓上傳了下來。

「我的寶貝小顥，你前面先坐著。」

「這裡嗎？」小顥拖了一下椅子，聲音讓人起雞皮疙瘩。

「就是那張椅子了。」

小顥看著和家裡完全不一樣的客廳，沒有沙發、沒有放瓜子、沒有招待人客的煮茶茶几，但一樣有電視。地上許多行李還沒完全打開，倒是有很多尪仔，人形的、超級英雄的、獅子老虎、恐龍怪獸。他坐在那裡看著列隊整齊的公仔，總是會看到之前沒看過的新角色。

桌上堆滿了雜誌，封面都是女生，有些看起來面熟面熟，可能是電視出現過的一些女星。她們穿著各式衣服，有的袖口多一段喇叭狀的布料，有的褐色戴毛帽，也有脖子兩邊垂著絲質圍巾的，這些打扮現在已經很少見了。每一本的姿勢也都不一樣，有的手放在胸口，有胸前捧著玫瑰花的。最讓他印象深刻的是一個把花布拉到自己臉頰的女子，眼睛只露出一蕊，也搞不清楚她底下有沒有穿衣服。

小顥對這些書興趣缺缺，他的興趣總和一般男孩不同，打開電視兀自看他的《小魔女DoReMi》或者《小紅帽恰恰》。即使是看過的，他也會重複看一遍。他真希望姑姑可以晚些下來。

等到雲玲姑姑穿著襯衫走出來，她會把手搭在小顯頭上，坐在一旁多讓他拖延五分鐘。有時小顯看到精采的地方不願意走，她會給他一只塑膠尪仔帶回去。

小顯靠在雲玲姑姑身上，她身上的襯衫材質很多變。大部分時候是POLO衫，胸前有個騎馬打球的印記。有時是比較挺的亞麻，三條直線流過雲玲的胸前。她總是把衣角紮在高腰牛仔褲裡，鼓起飽滿的小腹，像把饅頭藏在褲子裡面一樣。

「來吃飯了，雲玲。」

等到雲玲進到家門，溫醫師早就坐在桌旁了，仍然是一件白內衣。沙莉連忙招呼她坐下，坐在小顯隔壁的位置。

「真是麻煩了。」雲玲每次都會說。

「多一雙筷子而已。」

「但煮是沙莉在煮啊！」

「原本就要煮的，一點也不麻煩。只是多備一些料就是了。」沙莉對著雲玲笑，但笑容的意思和嘴裡說出來的話似乎不太一樣。

「也就那麼一點料，」溫醫師說，「說不定之後吃飯的機會不多。」

大家都伸出筷子。

她就一直好像是我們的鄰居，睡在我們隔壁，又像我們房子裡的人。早上她自然的走到我們的餐桌旁，吃完了也自然的回到她的房間。若無其事的樣子好像從來沒有離開過這裡，天生來就是我們家裡的一分子。私底下沙莉這樣和溫醫師抱怨。

但當雲玲在場的時候，沙莉的話就沒那麼多了。這使得她很晚才真正認識沙莉，知道她的後頭厝經營一間水管工廠，產品都外銷到日本美國去。一個醫師一個千金，大家都說他們門當戶對，阿源公最是高興。

平時並不會有什麼人拜訪溫醫師和沙莉，他們就只是在屋子內慢慢的累積，累積財富、累積孩子的年歲。他們也沒想過要邀請朋友一起用餐，要的話就都到市場旁空地鐵皮搭建起來的大型餐廳，吃著義大利麵，味道像是城市來的複製品。

只要雲玲姑姑在，家裡又活絡了起來，小顥餐後喝太多果汁不會被母親禁止，溫醫師一直講不停。他像是個授課的講者，小顥和雲玲都是他的聽眾，當然沙莉也算，但大多時候沙莉是捧哏，顯示出溫醫師的涵養和博學。

「那個……我今天看了報紙……」

「我也看了，報紙上說有人做出了複製羊。他們就這樣變出一隻羊。」

「不用……不用……你知道的，不用那個，直接就有了生命。你說這有可能嗎？」

「這當然有可能，可能的事情可多著了。」

身為專業的醫師，溫醫師講述精子和卵子，卵子裡面有細胞核。怎樣拿出細胞核，和精細胞結合，就可以有了一隻全新的生命，全新的一隻羊。那陣子收音機、電視都播報這件大事，全部的人都安靜下來聽。

「你爸他很厲害不是嗎？男人都是這樣，你以後長大也會這樣。」

沙莉總是這樣對小顥說。

「我不懂爸爸在說什麼。」

「長大之後就會懂了。」陳沙莉回答他，像大部分母親回答孩子一樣。

「沒關係，對爸爸說過的事有印象，以後說不定科學會學比較快，成績會比其他人好。」

接下來他們就會討論要讓小顥去哪間文理補習班比較適當。這種時候，氣氛總是要靠雲玲姑姑拯救。

「你知道大樹那邊有個農場，裡面養了很多羊嗎？綿羊山羊都有。」

畢竟是住過城市裡、闖過外面世界的人，雲玲姑姑總是可以帶來一些有趣的消息。

「有這樣的地方嗎？」溫醫師說，「是在高爾夫球場那帶嗎？」

「不是，還要過去一點。我之前休假去那邊玩，遇到我們這裡阿鳴他女兒，她在那裡工作，收門票的。」

「是嗎？一個女孩子到農場工作啊？」溫醫師問。

「也許你們可以出門走走了，最近開了很多小型的樂園。」

「我沒那麼好運氣，家事總是做不完啊！」沙莉在最後這時候又開口說話。

大部分的時候，他們聊一些更大人的話題，例如總統要不要每人一票的選，小顥就朝著碗裡扒飯。想想看，青暝牛[4]（tshenn-mê-gû）的票和我們的票一樣，都是一票，溫醫師說。還有一些人，他們能力不好，偏偏生一堆孩子，他們就有很多票。這樣的人，在診所裡他看多了。

沙莉默默在一旁聽，她很高興她嫁了一個有主見的男人，說著一些她以前沒想過的事。如果只有她和溫醫師，溫醫師講了一二十分鐘便會自然停止，說到後來比較接近喃喃自語。雲玲也會發表一些意見，和溫醫師做對手，或同意或反對。

穿著襯衫的雲玲說起話來不會太多手勢，也不像溫醫師不時甩頭點頭。雲玲說，如果是國大代表來選的話風險也很大，國大代表還是得揣摩上面的意思。無論怎樣，台灣還是比不得國外，民智未開。或許存一點錢去移民比較好。

溫醫師說他很多同學都移民了，美國、紐西蘭、澳洲都有，家人先搬出去，一個人留

4 文盲。

在台灣看診。但像他這樣的鄉下醫師，要離開還是困難的。

溫醫師差點停不下來，還好沙莉提醒他該出門了。他套上沙發上的條紋襯衫，調整了一下領帶，跳上他那台舊賓士。他得開十五分鐘去五公里遠的小漁村看診。那裡的市街比舊街更小，人要少得多，但他診所的生意並不因此比較差。

診所是阿源公和沙莉後頭厝合資的，當初溫醫師考慮就近開在舊街，商討了許久。舊街已經有一兩間前輩的診所，可能搶不過和病患感情深厚的老醫師。阿源公提議到隔壁漁村去，雖然是遠了點，但沒競爭對手。看完診拉起鐵門，就可以乾乾脆脆的離開那裡，不會沒事在路上被認出來，被歐吉桑歐巴桑抓住問半點鐘一點鐘的問題。

舊賓士離開舊街的馬路後，雲玲說要留下來幫忙收拾碗筷。沙莉當然要先客氣一下說，大姊不用麻煩，我來就好，我來就好。

雲玲怎麼敢就此離開洗碗槽，還是和沙莉擠在水龍頭前面，雙手泡在白熊洗碗精裡頭。

狹小的水槽實在不夠兩個人同時站在一起，沙莉只好側身。

「我那天端飯過去給爸……」沙莉說的爸，是指溫醫師的父親阿源公。「……爸說他可以幫你找工作。」

「不用了，不用了。我不要他幫我。」雲玲用拇指大力搓碗緣的黑線。

「爸說，都過那麼久了……」

「是嗎？」

「我也是聽他說的而已，他沒有說很多。但他現在很願意幫你。」

「我自己會去找找看，問人、看報紙、看農會前面的看板。」

「工作不好找了啊現在，回去市內比較多吧！」

沙莉家裡還有一間工廠留在當地，要的話可以硬擠出空缺給雲玲。但她從來不提這件事，雲玲也不會開口。

「還不算太難。目前還沒打算回到市內。」

「一直住在這裡不會無聊嗎？有時候我也要悶壞了。」

「還想待一下，有了工作，欠你們的房租也會慢慢還。」

「什麼房租，自己人不用……」

「隔壁那間本來是要留給弟弟的不是嗎？還是要算。」

「不用不用，你這樣會害我被講話。」

小顯貪著最後一點時間，聽廚房裡傳來瓷碗互相撞擊的清脆聲音，他希望那聲音永遠不要停。停下來之後，雲玲就要走了，他就要被送去才藝班了。

還好，雲玲還是一直住在隔壁，偶爾為小顯帶來一點玩具。

沒有人問雲玲這幾年都幹了些什麼事，就默默的准許她在這裡。在這裡吃飯、睡覺、起床，在這裡騎腳踏車到街上去晃，上省道旁邊的銀行和郵局。幾十年的時間並沒有對這裡造成太多改變，雲玲完完好好的適應了，不禁讓人猜想當初為何離開。

白天就只剩沙莉和她，隔著一堵牆，沙莉不免好奇她都在做些什麼。沙莉有時裝做是到外面澆花掃地，有時是在等垃圾車看雲玲的腳踏車在不在，大致拼湊出雲玲的一天。

早上吃完飯後，雲玲過不久就會出門去，出門時順便到外頭來，檢查郵箱有沒有什麼收穫。雲玲一出去就常常是一個上午，回來的時候，總是會抱一堆文具用品和雜誌報紙，到那張乾乾淨淨的大桌子上寫字。

她寫字的臉上陰影特別深，手的影子總是擋住了字的去路。但她不以為意，在照明不足的屋子裡寫著。時間和她沒有關係。直到郵局要關門了，她才抱著厚厚一疊資料出來。她的懷裡有大的牛皮紙袋，也有小的白信封，口袋裝著零錢，扣隆扣隆的又騎車出去。

沙莉相信這是暫時的，忍耐一下就好。小顥上學後，沙莉的任務就只剩煮午餐給大官阿源公。退休太久了，阿源公變得不太出門，原先還會跟老伴到公園走走，和同輩的在那裡聊天。老伴過世後，就只在家門口來回走動。因此他的雙腳枯瘦下來，顯得肚子更大。

阿源公總是怨嘆時日不多了，早知道不要那麼早退休。之前教數學的陳老師退休沒五年就得癌症去世了，是肺癌。人一退休沒有了生活的目標，身體就容易食空。再活也沒幾年了，就只剩媳婦對自己最好，還好當時堅持要娶這個媳婦入門。

「爸，你莫按呢講。你閣會當做真濟代誌。」

「閣會當做啥？後生查某囝住隔壁，也攏無愛過來矣。做代誌也無趣味。」

「爸，今仔日這有好食無？」

「是有較洴[5]（tsiánn）淡薄。」

「食健康的，你的醫師囝特別交代的。」

「敢是？」

溫醫師的確叮囑沙莉，午餐要少油少鹽，也盡量不要用花生、蔥一類可能對老人家肝臟有稗害的東西。

「伊是真正無閒過來，顛倒大姊是……」

後來沙莉才知道這和雲玲的婚姻有關，很是老套，因為不滿意序大[6]（sī-tuā）的安排翻了臉。看她那樣子，還以為她從來沒嫁過丈夫。因為這種事就和父親鬧翻，弄得避不相見，沙莉很不理解孝道被放在哪裡了。

久未出嫁的女子常常被戲稱是阿姑，像雲玲這樣出外十幾年回來仍是孤身，特別符合

5 味道淡。
6 長輩。

這樣的稱號。村民都笑說阿源公是放棄這個不像女兒的女兒了，一把年紀都做阿姑了，還在家裡發霉生菇。姪子小顥也都上小學了，雲玲的的確確是做了阿姑。

小顥上的是村裡唯一的小學，包含阿源公、溫醫師都是那間小學畢業的。要找到小顥也不是那麼難。以前裸露著的水泥外牆上了七彩的漆，變得親和許多，但還是謠傳著操場以前是墓地刑場，下過雨之後會浮出棺材印子。

下課時間孩子們都跑到操場去，小顥留在教室，看剩下來的兩三個同學在地板上玩尪仔標。

「小顥小顥！」他聽見有人叫。

「什麼事？」

「小顥你媽！」

「什麼我媽？」

「小顥你媽媽來找你，你又忘了帶作業簿了嗎？」

「沒有啊，我沒有打給她呀。」

「但是你媽媽來了耶，就在教室後面。」

「就在教室後面？」

「就在教室後面。」

一紅一白兩片尪仔標很靠近了。他們玩的尪仔標是塑膠的，也叫鬥片，有著七龍珠或神奇寶貝的形狀。自己那片蓋過對方的就贏了，有時還會立下賭注，讓贏的將輸的尪仔標取走。小顯捨不得把眼睛從地上移開。

他一邊走出教室，一邊幻想自己贏來一袋的鬥片，手指按在邊緣，對著太陽看表面粗糙的雕鏤。

「大姑姑！」

他歡喜的大喊。

到後來同學都知道會有個姑姑來到學校，給小顯送雞蛋糕、鳥蛋、熱狗，還有滿滿的鬥片。

點心吃一吃沒留下什麼垃圾和痕跡，倒是那些玩具，學期結束後，小顯不得不把它們裝在大塑膠袋裡帶回家。他沒辦法一次拿完，沙莉和小顯開車到學校又收了一趟。

溫醫師和陳沙莉在廚房互相大聲說話，三連棟就那麼緊，阿源公不是沒有聽到，但事後也沒多說什麼。

三連棟門口停著一輛休旅車，很少有除了舊賓士以外的車放在這裡。車窗上的玻璃反射舊街的電線桿。騎樓的地板剛打完蠟，幾盆新買的鳳仙花在空心磚上開成水紅仔色，花盆分隔了原本相通的騎樓，劃出明顯的疆界。

客廳地上散亂著濕濕黏黏的衣服。沙莉把洗衣機裡面的東西通通倒出來，襪子在地上滾，長褲在地上盤腿，溫醫師的襯衫也把雙臂張開。

「你是咧大聲啥？」

「我現在是溝通。」

「溝通就溝通，把家裡弄得這麼亂幹什麼？」

「我只是給你看我平常做了多少事。你這個沒用的男人，一間厝放在這裡，飯是我咧煮，你老爸也是我咧顧。」

「自以早開始毋就是按呢？我工作也辛苦，你是在抱怨什麼？」

「你們家的女兒就是比較好命。」

「大姊回來也只是暫時的。」

「一個月兩個月過去，我忍，我無講話。現在半年過去了。」

「更早之前她本來就在這裡。」

「她就什麼也都不用做，不用奉待序大，這我都可以接受。現在連我管小顯也有意見。」

「她只是對囝仔好，你知道她自己無囝仔，加減想要親近。」

「親近？我怕她這樣的人會影響小顥。」

「怎樣的人？」

「不三不四、不搭不七的人。」

「她過去的事你知道多少？憑什麼評斷？」

「不是只有你們家女兒可以說走就走，要回來就回來。」

門前的車子開走了，溫醫師靠在沙發上休息，才慢慢讓氣平順下來。等到天色漸漸暗了，他才想到要去接小顥回家。接送的路上，他停下來買了便當回去。

阿源公只是告誡溫醫師，別總是讓女人往外面跑，這次算例外，下次絕對不可以如此了。

臨走之前沙莉說，要她離開了，溫醫師才會知道她有多重要。現在溫醫師都理解了。他自己頂多只能在上班途中順路載小顥去學校，診所還是要顧。照料阿源公、接送放學補習，他都沒無法分開身來。

他給沙莉的後頭厝打了電話，都是丈人爸接聽的，他留話說他會好好照顧小顥，但還是希望她氣消了趕快回來，孩子沒有母親不是很好的事情。

溫醫師沒讓沙莉知道，這些事情麻煩雲玲去做了。那時雲玲還沒有太老，比沙莉年歲長不到五年。她把自己的瀏海都用電棒卷燙成向內的弧形，卡帶封面歌手造型髮型，只是後頸沒有頭髮。小顥覺得那樣很是親切，即使晚上睡覺少了沙莉的長髮，他也沒有被遺棄的感覺。

小顥高年級了，仍然被溫醫師保護得很好，溫醫師希望他成績能好一點，保持在班上前三名，以後也許接下診所，但這些都想太遠了。溫醫師跟他解釋，母親突然想去旅行了，過幾個禮拜就會回來。在這之前，乖乖聽雲玲姑姑的話。

大中午，換做雲玲提便當盒，從三連棟的一邊走到另一邊去。因為隔了空心磚，她沒有辦法走騎樓，必須走到外邊馬路上，拎著提袋送到阿源公門口，迎來無法避免的重逢。

阿源公陷在膨椅[7]（phòng-í）裡面，他每天喊著自己時日不多，一點一滴下來也真讓他看起來更加衰老。

雲玲沒有敲門，直接把門沿軌道推開，滾輪生鏽了，摩擦的尖銳刮擦聲把看起來在打盹的阿源公吵醒。阿源公臉上長著褐色斑塊，像產業道路上塌陷的洞。

「放那裡就可以了，」塌陷的洞緩緩吐出一句話，「如果你不想入來，那就不要入來，不然又都說是我逼你的。」

幾十年了，說出口的第一句話還是那樣。

7　沙發。

「不要說什麼逼不逼。」

雲玲直接脫鞋赤腳走了進去，沒有穿鞋架上的泡綿拖鞋。她走進廚房，把便當直接敲在桌子上，鐵蓋子掀開是一塊焢肉，底下盛的是菜頭排骨湯，都是阿源公最愛的料理，看來雲玲記得的事還很多。

「多吃點吧！」

阿源公並沒有馬上進廚房，仍然在沙發上發著呆。

「緊入來食！話講遮濟也無路用。」雲玲把碗盤都擺好，筷子也放在筷架上。

「到這種年歲，也不敢向望傷濟，會當食就是福，」阿源公一邊走，一邊抱怨，「反頭來看，攏是仝款。」

「無，無仝款。」

雲玲看阿源公上桌了，把便當的提袋摺成四角形。

「你敢欲走矣？」

「明仔載會閣來。」

因為雲玲姑姑得送飯，若是學校上半天課，小顯就得站在圍牆邊等。圍牆邊種的是菩提樹，樹幹粗得像大廈的石柱，葉子一個巴掌一個巴掌的懸吊在樹上，沒什麼影子。鄉下地方同學很快都被載走了，大家住得離學校並不遠，有些同學是用走的回家。沒有人可以跟他聊天了，雲玲送完飯才會過來接他。

總是有好幾次，太陽升得太高太高，把樹蔭都縮了起來，小顥終於想念媽媽了。那天下午，影子翻進圍牆內，小顥在一整片的土石路上無處可躲。他開始數石頭讓時間過得快一些。

遠遠走來一個黑白分明的人，像一張骨牌，兩條直黑褲管、沒有皺摺的白襯衫。那身影像在正午的熱氣中顫抖，像極了溫醫師，小顥差點喊了一聲爸。土石路上的溫醫師，臉被太陽融化，一滴一滴流下蠟淚剝去臉皮，蛻變成雲玲。

「我們不要回家裡吃了。」雲玲沒有為她來晚了說抱歉，她摸著小顥細嫩的頭髮問：「你餓嗎？」

「不餓。」小顥眉頭掐得緊緊的。

小顥上了雲玲的機車後座，短短的腿沒辦法踩到踏墊，懸在半空中隨加速減速晃盪。機車並沒有朝熟悉的舊街過去，他們背對著房子，往越來越開闊的地方去。一段時間後，小顥的短腿就穩穩的掛在那裡，機車沿著只有公車站牌的馬路向前去，沒有紅綠燈要他們慢下來或要他們重新啟動。

「我們要去哪裡？」他對著風大叫。

「去玩、去玩……」雲玲說，不要告訴任何人。

雲玲是去過城市的，要帶他去哪裡小顥倒是不擔心。但小顥肚子實在很空了，他跟雲玲討了一些水來喝。雲玲注意到小顥的嘴始終噘著，但她不明白是什麼事惹得他不高興。

「考試考不好嗎？」

「沒有。」

「還是你餓了？」

「還不會。」

雲玲又繼續上路，往越來越沒有人的地方去，偶爾才有幾間破敗的三合院。途中經過一大片長了雜草的墓地，雲玲催了一下油門，好讓他們快一點通過那段路。從後照鏡裡，她看到小顥緊閉眼睛，臉都皺縮成水煎包。即使閉起眼睛了，墓地還是在。

他們停在產業道路旁，空氣裡有大便被雨淋濕的味道。一排成人高的木籬笆沿著路圍了一片，看不出裡面到底有什麼。踩下機車中柱的時候，雲玲的手有些麻了。

「這是哪裡？」

「這是農場，很好玩的。」

小顥跳下來跑，雲玲叫他小心別被排氣管燙傷了，就連她放在機車旁的腳，都感到有些溫熱。

雲玲牽著小顥的手走向鐵皮搭的售票亭。她穿得像賣保險的中年業務，牽著一個和她同樣有塌鼻子的小孩。家族裡面都是這樣的，溫醫師的塌鼻子尤其明顯。如果她有一個孩子，說不定也長得跟小顥很像。

「我們回去吧，我餓了。」

「但這農場很好玩的。」

「我來過了。」

「那邊有視聽室，要去裡面看看電影嗎？可能演一些鯨魚海豚，要去看嗎？」

「不要。」

「也有標本室，裡面有很多蝴蝶、甲蟲。」雲玲又提了。

「我怕蝴蝶。」

「男孩子怎麼怕蝴蝶呢？那要不要去滑草坡？」

「滑那個太危險了。」

雲玲正裝站在沒什麼人的道路上，和小顥不斷討價還價。孩子總是以為他們比實際來得成熟許多，但這個孩子又特別如此。如果是自己的孩子，可能已經失去耐心了吧！但是雲玲不會輕易對他發脾氣。

「在學校被欺負了嗎？」

小顯沒有說話。

「誰欺負你，跟姑姑說。」

小顯繼續站在那裡，直直看著雲玲。

幾個孩子知道他會固定在菩提樹下等待接送，也知道他有這樣的一個姑姑。雲玲實在太常到學校去了，早自習時送漢堡，下課時間送甜甜圈，便連同她也一起取笑。有次他朝他們大吼，破了聲，音調更尖銳，換來更響亮的大笑。當小顯坐在鐵欄杆上面等，他感覺到背後沾滿了沙子，他仍然坐著不動，巴掌般的葉子落在臉上也不用手揮。

但小顯還是一句話也沒說。

「我早就知道你在搞什麼了，我也是經歷過的，我懂這些。」雲玲蹲下來，頭和小顯在同一個高度講話。

「那你想要去哪裡？」

「大姑，你對我太好了。」他的眼睛也在說話，「很快的，我媽媽會回來……你也知道的。」

「接下來呢？」

「我們回去吧！」

「嗯，我們回去吧，路上吃個飯就好。」

小顯不太記得那頓飯的味道，印象中他們在一間都沒有顧客的土雞城停了下來。鐵皮屋裡擺滿了宴客用的大紅轉盤圓桌，還用印有牡丹花紋的透明塑膠套罩在桌子上，牆上的菜單價目貼了一個雙喜。

雲玲姑姑趁小顯去上廁所時，就點好了餐。一大鍋陶甕雞湯占了桌子，冷盤的、鹹酥的陸陸續續送上來。桌子上的骨頭大多是小顯吐的，他抱怨睡覺時腳會痛，雲玲姑姑說他正在轉大人了。兩個人當然還是吃不完，但雲玲一反慣例，沒有把剩菜打包回去。

後來是溫醫師開車去後頭厝載沙莉，他沒有提小顯和雲玲的事。即使沙莉被請回來了，雲玲仍每日提著飯盒，從三連棟的一邊走到另一邊，放到阿源公的餐桌上去。她把湯裝在袋子裡，即使多麼小心，還是常灑出鐵盒外，搞得雲玲自己的衣服也濕了。

於是雲玲直接在阿源公那裡開伙，幾十年沒人使用的瓦斯爐又熱起來，起先點了幾十分鐘都點不起來。阿源公只要坐在那裡等，就會有菜送上來，焢肉、炒花枝、煎黃魚、滷雞腿，都是下飯的家常菜，讓人忍不住一碗接著一碗。雲玲看著老人家把盤子都清光，心裡是有成就感的。她收拾洗碗之後才放心的走回去。

小顯每一次到隔壁去，看見雲玲姑姑的東西越積越多。雜誌、尪仔還有鄰人送的禮盒，衣服也塞滿衣櫥，連購物帶回來的塑膠袋也捨不得丟。在小顯的幫忙之下，她才願意把衣櫥搬到樓上去。其他東西搬不走，姑姑就住下來了。

小顥習慣雲玲姑姑做為一個鄰居，只是不再一起吃飯。溫醫師仍然每天講一些大人的事，關於越來越多的綁架案、越來越差的治安，人心不像以前農業社會那麼單純，會互相幫忙、互相忍耐。

有一陣子電視總在播報關於飛車黨飆車族的新聞，許多人晚上拎著皮包、戴手鐲金戒指走在路上，他們兩兩一組，一人騎車經過受害者身邊，一人用蠻力搶奪這些值錢的東西。皮包還好搶，如果是首飾一類的，他們有時搶不走，直接拿刀砍去。

「恐怖喔！」沙莉附和，她說這些人好手好腳的，不去工作，竟然要用這種方法賺錢。她不懂這個世界是怎麼了，說她不敢晚上在外面走路了。

升上中學之後，學校開始有電腦課，小顥也要家裡買一台。沙莉和溫醫師對於到底這樣所費不貲的笨重機器有沒有用，討論了一個多月。某一天起，小顥聽懂了那些大人的話題，但他不加入這些話裡面。

偶爾雲玲會喚小顥到她那裡去。她總說換燈泡、釘板子這樣的事她做不來，她需要個強壯的男孩子，這時候他就會來叫小顥。小顥知道不是這樣子的，雲玲可以一人到很遠的地方去，也可以獨自爬上阿魯米梯。

雲玲的地板上，書已經疊到沒有空間了，她蒐集舊報紙、過期雜誌、壞掉的小冰箱。

不管小顥怎麼講，她說這些東西總有一天會用到，每個東西都有它的用處。她總是把小顥拖住一兩小時，告訴他別再和父母吵架了，應該要好好聽他們的話認真念書，別想著玩電腦。「你這樣不好，不要總是覺得自己很厲害。」雲玲姑姑說。

起先小顥會辯解，說電腦教會了他許多東西，他對這樣的機器著實產生興趣。在電腦裡他能遊戲，能寫作業，他甚至可以找到慾望的出口。因此他想要反過來學習操作和建造這個謎樣的鐵箱。

「我要先走了，有空再來吃飯。」後來小顥每次都用這句結束對話，並必須重複說四五次，雲玲姑姑才會停止發出聲音。

「有空再來吃飯。」

和許多年輕人一樣，小顥先是到鄰近的城市念高中，然後再到台北去。溫醫師有足夠的錢供他在台北很好的生活，租到大房間，想吃什麼就吃什麼。但小顥並不遵從溫醫師的意思繼承他的衣缽。

憑著自己的能力，小顥的生活還過得去，他也沒必要每個月搭車回去。在都市裡已經夠他忙了，接案、做專題、打遊戲，偶爾還要去交流會研討會。他沒必要再去回味發生在遠方的小事。

倒是雲玲姑姑偶爾和他有聯繫，三大節總傳一些問候的訊息給他，問他有沒有要回去。有時會說要上台北去找朋友，順便一起吃頓飯好不好。有時候，小顥只能把這類訊息一直放著，也沒什麼別的方法。

阿源公中風病倒了，比預期還要快。母親沙莉打電話給他一次，雲玲姑姑也傳訊息告訴他。在訊息中，雲玲姑姑也說這比她預期的還要快，讓人措手不及，一次在拿便當過去時，就看他癱在椅子上。她趕緊去叫小顥的爸回來，同時打給救護隊送醫到鄰近的城市。

小顥有些擔心，大家都說，當家裡有人開始老病死的時候，你就沒辦法專心讀書了。舊街的麵包店關了，再也不會固定在下午三點出爐，讓整條街充滿溫暖的小麥味。吹進三連棟的風乾乾淨淨，沒有立場也沒有味道。溫醫師說既然大家都在，不如一起吃個飯，再開車去醫院看阿源公。

沙莉去市場買了菜，雲玲進廚房一起幫忙，兩人擠在流理台前面。雲玲穿著T恤和長褲，趿著一雙竹編拖鞋，給人閒散的感覺。她側身站著，只一隻手握著鼎[8]（tiánn），好方便沙莉切菜，畢竟這是沙莉的廚房。沙莉說她太久沒有做飯了，連去蒂頭都歪七扭八，就讓雲玲掌廚吧！

---

8 炒菜的大鍋。

水龍頭的水一直開著，在不鏽鋼鍋裡打圈圈。水漲滿了一鍋，立刻湊上洗菜的大菜盆，雲玲順手把鍋子裡的水提上瓦斯爐。沙莉退到櫥櫃邊，肩膀抵著櫃子斜站著，看著雲玲熟稔的抓起蔥蒜往鼎內丟。

「大姊，我幫你洗肉吧！」

「不用了，直接煮沒問題的。你是買靠市場裡面的那攤吧？」

「對。」

「那一家很不錯。」

「阿爸講你越來越勢（gâu）煮，我真想欲食看覓。這過小顯嘛轉來矣，伊一定會佮意，佇北部攏烏白食啥物。」

「無啦！逐日煮，逐日煮，總是會變熟手。」

「嗯？」

「大姊，我看你平常時煮予爸的菜……」沙莉換了一個姿勢，把手叉到胸前。

「……攏是滷醬、油煎的，肉啊魚啊樣樣都來。」

「好食嘛，老大人會吃較濟。」

「但是你知影伊心臟無好？」

「知是知，毋過這寡攏伊愛食的。這款年歲矣，閣有啥物通享受。我也沒叫他非得要吃完。」

「是嗎？我以為是健康較重要。」

「該保的保險你不也都給他保了嗎？」

沙莉靜靜的把做好的菜端出去。溫醫師和小顥早就坐好了，他們等雲玲關掉抽油煙機，才一起開動。

雲玲一樣坐在小顥旁邊。小顥雖然並不高大，但也夠高得讓沙莉和雲玲沒有辦法看到彼此。她們只好頻頻把頭向前伸，聊著阿源公接下來照顧的事。他們請了一個看護，每個月得付兩萬多元。阿源公這麼多子女，沙莉說應該讓其他人付。這麼久以來都是雲玲在煮飯給老人家吃，菜錢溫醫師出，生病了是溫醫師載阿源公去醫院，也該換人盡一點心了。他們討論要怎麼跟其他兄弟姊妹起頭，才不會顯得太市儈。

吃完飯後，兩個女子把桌子都擦了一遍，小顥幫忙把碗盤端到水槽去。沙莉稱讚他是長大了，這下沙莉可以早早洗去手上的浮油，回房間去打扮一下。

沙莉要大家等她一下，化妝不是簡單三兩下就能解決的。她的眉毛已經稀疏了，不用眉筆補一下，看起來簡直和沒有眉毛一樣。雲玲伸出手指，示意小顥過去她那裡，像是小時候背著沙莉要給小顥買糖果一樣。

雲玲領著小顥，跨過騎樓的一排空心磚，到她的屋子裡去。跟在後頭的小顥看見雲玲姑姑的後腦杓已有些空洞，隱隱約約有頭皮的肉色。

「我有東西要給你。」

她兀自往前走，沒多回頭看小顯。地上放滿了雜物，脫線的藤椅、幾座掉了扇葉的立式風扇、少了一個腳的茶几。茶几上放了一袋一袋的雜誌、公仔，有些書報散到地上去。要穿過屋子，得像過河一樣，踩著石子大小的空地向前跋涉。雲玲熟練的躍進，走上樓梯。

「小顯你真的長大了呀，以前才到我的腰而已，現在我看你比我高了。」

雲玲進到自己房間，小顯並沒有馬上跟進去，站在房門邊等。她從衣櫃裡搬出一箱一箱的收納盒，拖到外頭打開讓小顯看。

「這我以前買的シャツ，都還是新的，後來就沒穿了……」

有些透明塑膠蓋咬得緊，雲玲姑姑扳了好幾下都沒有扳起來。小顯幫忙從角落拉。收納盒內衣物豆腐一樣的排起來。

「……你看這個布料摸起來多好。シャツ這種物件，闔再久也袂過時，總是合穿。」

也許是因為收在塑膠箱子裡，襯衫看起來並沒有褪色。攤開來看，摺疊的痕跡並沒有對上襯衫的熨痕，使得布面多了好幾條線。小顯伸出手摸了一下上面的織紋，的確都是很好的料子。

「大姑，我很少穿シャツ的，我想是不用了。」

「查埔出社會一定會穿著的，現在不需要以後也會用到。快點試穿看看。不然我也就只能丟了。」

「真的不用了，我真的穿不到，看看要不要給其他人。」

「還有什麼人？我就是特別留予你的呀。你看這款式的格紋，在你身上多麼好看。還有這種深藍色的，適合你的氣質。」

「是真正好看，但若用不上，予我也是浪費。再看看有沒有其他人需要。不然就拿去舊衣回收，也是會被利用的。」

雲玲還是一件一件翻了她的襯衫，看肩線有些似乎是特別剪裁過的。裡面大部分都是白色、米色的，參雜一些較有變化的深灰色系，這是小顥印象中的穩重的雲玲姑姑。她看過一遍，把它們整整齊齊的摺疊回去。

「回收嗎？」她頓了一下頭，把箱子蓋上，又搬進衣櫃裡。要讓雲玲把東西丟掉是困難的。

「你知道以前大姑的事嗎？」

小顥點點頭，他當然知道。

大概在國中的時候，母親沙莉說給他聽的。你姑姑啊，她這樣開頭，年輕時早就是那副德性。穿著長褲又剪短髮，一點查某氣也無，無論你阿公怎麼說她就是講袂聽。

在我們那個年代，不遵守校規懲罰很重，但你雲玲姑姑沒在怕的，照樣把長裙擺在一邊。畢業之後，她急著要到外地去工作。但說穿了學歷不是很高，找工作不容易，聽說她還做過土水、翻模、牽線的工作。你阿公擔心死了，一直想找人介紹給她。當然是都被你姑姑拒絕了。

一次她出乎意料的帶回一名男子去找阿源公，說是要結婚。

那男子身形單薄，家裡沒田沒地，問是在做什麼的，也答得支支吾吾，和雲玲站在一起說不出哪裡奇怪。阿源公和他們吃了一頓飯，事後當然是拒絕這門婚事。

你姑姑受不了，哭啊、鬧啊甚至還要自殺。當然這些我沒看過，都是你爸說的。她和那男子搭車北上去找伯公，也就是你阿公的大哥。他們說服了伯公，讓伯公當他們的證婚人，結成這門婚事。伯公輩分地位高過阿公，阿公不敢說什麼。

一個多月後，阿源公才從伯公的信裡知道這件事。更讓人驚訝的是，雲玲姑姑的婚姻維持不到一個月，他們就離婚了。苦苦爭求來的竟然說不合就不合。阿源公也不知道雲玲在想什麼。從那之後雲玲就沒有回來三連棟。

雲玲問這些小顯是怎麼知道的。他照實說從他媽媽那邊聽來的。

雲玲姑姑沒有多做補充，也沒有多說其他事，關於她的或小顯的。她太了解小顯了。

「人總是會有衝動。」姑姑說，「也許你之後就會明白了。」

「明白什麼？」

「明白不要太自私，不要太看自己會起，好好為其他人想一想。」

「也許之後吧！」

「之後多多回來，回來多多和姑姑聯絡。好嗎？」

小顯沒有多說什麼，走出了雲玲的屋子。車子就要來了，他們一起到醫院裡去看阿源公。

醫師說阿源公並不樂觀。溫醫師和幾個兄弟姊妹在病床旁分家產，鬧得不可開交。

「我這世人做人有夠失敗。」阿源公在病床上說。

三連棟是最擺不平的。算店面的話三連棟有三份，包括溫醫師在內，阿源公只有兩個兒子。溫醫師和他弟弟已經先反覆討論過雲玲住的那間了，看是要把地切成兩半，還是分土地和地上權，一人分一半。

但是阿源公卻說，這棟房子要留給雲玲。照理說祖厝應該是要分給男的，況且說女兒的話，阿源公還有其他三個，無論怎樣都無法分平。這排起家厝袂使賣，阿源公說，外面的城市怎麼樓起樓塌，咱厝內的人隨時都有地方會勢轉來。在病床上，阿源公用顫抖的手寫下遺囑，要雲玲永遠住在裡面。

至於那些襯衫，不知道是不是一直放在衣櫃裡。

# 虱目魚栽

乾燥的冬日下了幾天的雨，萬益叔笑了起來。

又再連下了幾天的雨，萬益叔開始發愁了起來。

一台卡車自土壟上駛過。兩旁的芒草像棒球場的觀眾，隨著卡車舉起枝葉的雙手，狂喜的玩著波浪舞。輪子捲起不幸的石頭，把它們彈到斜坡，一路滾下去，只聽到噗通一聲。再下去就是水了。那是只能容一台卡車的土壟，但是就算要過彎了，卡車也沒有減速。

萬益叔對著車上的人大叫：「偌濟錢？」

車上的人對著他大叫：「四十箍……」

車上的人敞開車窗讓風吹著自己的臉，一手伸出來搭著車門。「箍」字從車門跌落，在土壟上滾，箍箍、摳摳、叩叩、coco……，落在開著白色水花的魚池裡。一尾虱目魚恰好出水吐沫，把它銜入深水之中。

來好嬸剛從另一邊的土地廟走出來。那是一座夾在魚塭和田地之間的小廟，很久以前就在這裡了。幾十年前，附近幾窟魚塭的頭人合資改建了這座土地廟。彼時養魚正賺，有些人一年就可以收到一棟透天。他們把小廟的木梁用磚頭和水泥替換掉，廟頂加蓋一片鐵皮，保證久固勇。

來好嬸每日來廟裡做早課。她把海風送上神桌的土灰擦掉，把線香掉在木壇上的目屎擦掉。以前有人會特地到那裡去，從那一桌的香灰看出數字來，她都通通擦掉。還真有人為了這個和她大吵一架，要她賠償原本會得到的大家樂獎金。但她還是每日來這裡，抹布若髒了，來好嬸從家裡再自備一條新的，廟新得像剛整建好一樣。然後蒼蠅便可以附在乾淨的供品上了。

做完早課後，她在香爐裡插上一炷香，香枝伸出煙霧試空氣的鹹汫。她挽起粉紅色袖套，戴好碎形的斗笠包巾，騎上歐兜邁離開，風尾捲起一股沙塵。

不久之後，萬益叔和來好嬸夫妻倆集合整隊、各就各位，開著發財車要上山了。藍色的貨斗向天空張口，三步一拜九步一叩，在一整條小小的路上祈求。

傍晚，萬益叔搬了一張塑膠板凳在門廊底下搓腳皮。他們住在魚塭旁的一條街仔路，騎機車每日在矮平房和魚塭之間來來回回。儘管當初他就知道，有一半的晚上他會怕魚被偷走而睡在魚塭的工寮裡頭，他還是把房子給買了下來。

萬益叔在板凳上用剪刀剉腳皮，水泥地上鋪了一層薄薄的地毯，像一地的鱈魚香絲。一些麻雀誤以為是稻穀，飛到屋簷下啄食。他的腳下孕育著一個興旺的生態系，那是他和水相連的證據。

夕陽把影子都拉長，阿弘哥踏著金黃色的步伐回來了。他黝黑皮膚被曬裂的細縫，被下沉的日光填補了起來。

「閣去釣魚……」萬益叔在走廊上碎嘴。

阿弘哥手提藍色保冰桶，走過的地上跟著一逝[1]黑色的圓點。他一路上都可以感覺到箱子的跳動，但是已經趕不上給來好嬸煮了。騎車回來的路上阿弘哥就可以聞到蔥爆香。

阿弘哥沒有馬上進門，他順手捎一個水桶，蹲下來等待黃色橡皮水管把水桶浸滿水。他把裝在箱子裡的魚倒進去。牠們重新回到水的懷抱，在水裡被洗淨了身軀，卻怎樣也不再游起來。

「家己厝裡就是飼魚仔，欲吃偏偏愛用釣的。」萬益叔在阿弘哥背後說。

「不錯了啦，加減添菜。」來好嬸說。

---

1　一行。

「釣到這寡魚仔，我也無想欲食啦。」寒流來臨前他變得比以往焦躁。

「不然就去送隔壁跛跤仔一家。」來好嬸一邊幫萬益叔挾菜，一邊說。

「若是這時間去做零工仔，無知賺偌濟錢矣。」萬益叔坐到飯桌上，仍然沒有停。

「賺錢欲做啥？」阿弘哥平時不愛講話，還是回了一句。

飯桌上的話和菜色一樣沒有變化，有時只是把過去吃剩的冷藏起來，熱一熱又再端到今天的桌上。但他再也按捺不住了。

「予你以後通好拍算啦！」萬益叔說，「真是無羼葩……」

阿弘哥已經三十好幾卻遲遲未娶，沒多久就要邁入四字頭。別說未娶，就連他的拜把兄弟也鮮少在私娼寮撞見他。後來，來好嬸也開始懷疑了起來，回想以前幫阿弘哥洗澡的日子，在那不牢靠的記憶裡，的確有羼葩沒錯。

「你到底行不行啊？」萬益叔推了阿弘哥一把。自從阿弘哥過了二十歲，萬益叔就不斷設法為他找媳婦。

「不行啦！」阿弘哥只說了幾個字。

「查埔人袂使講不行。」來好嬸學電視廣告這樣說，但是沒有人跟著笑。

阿弘哥是個完整的男子，甚至可以說是強健的。半暝，他隨頭家四界走，把魚池裡拚命求生的虱目魚拖起來，並在岸邊宰割。他一秒就可以剖開魚肚的氣力、一隻手就可以把魚腸拉出來，把腮從腮裂裡掏出來。萬益叔和來好嬸不懂為何他一直獨身，透過朋友介紹的、相親的也好幾回了，幾個萬益叔都很滿意，尤其是雜貨店老闆的女兒，他們家裡也就她這麼一個女兒還在身邊，除了有一些傻氣之外，和阿弘哥相配極了。

說起來隔壁進添一家是村裡的先驅。那年進添破天荒替他的兒子跛跤仔訂了全村第一個外籍新娘，是中國大陸的，語言比較會通。每日對著電視大罵的田水伯說，這樣我們會被統一，和他在榕樹下對弈的溪水伯說，不，這樣是我們在統一他們。

萬益叔藉口送虱目魚，順道過去看看那新娘是生啥款。

大家為著一種方便，叫他「跛跤仔」，和殺豬的叫「刣豬宏」、賣飼料的叫「飼料誠」是差不多的道理。之所以會叫跛跤仔，是因為在鋼鐵廠裡的一次意外。老闆說，賠償金的部分就折一點吧，讓你之後都在我們廠裡上班。進添覺得挺好的，像他兒子這樣哪裡有人會請他呢？

關於一個做男人應有的好處，跛跤仔都喪失了。他沒辦法騎機車去省道那邊的豆干厝，連自己的身體也搖不動。就算花費力氣到達那裡，在那些完整的女體面前，也覺得不配了。

因此當這門生意首次引進村裡，進添沒多想就下訂了。有人佩服他的果斷，有人覺得他是太過衝動了。但是少有人評論跛跤仔是果斷或是衝動，總之他就是得了一個老婆了。

萬益叔提著虱目魚去，空著雙手回來，看到了跛跤仔的大陸新娘深感值得。他竟然有些感嘆為何自己不是生在這個年代。小翠身形非常有彈性，和當年村裡第一美人麗雲有得比，聽說麗雲後來嫁去台北了，而這樣的女子卻被跛跤仔給享受到了。跛跤仔現在已經有了兩個小孩，一男一女，龍鳳胎。他仍然在工業區的鐵工廠上班，生活穩定，不禁讓萬益叔感到自家的落後。

晚飯後，來好嬸把菜留在桌上，用桌罩蓋起來。接近午夜，阿弘哥又把罩子打開。

蟲豸都躲到溫暖的土裡，人在溫暖的黑暗裡睡覺。桌罩裡的盤子都空了，阿弘哥的胃和盤子一樣冷。過沒多久，阿弘哥的一二五在魚塭的小道上點了一行涼涼的燈，準備要去工作了。

又是陰雨的一日，不是吃飯時間，萬益叔從碗櫥拿出平時吃粥的大碗公。

他踮起腳尖，伸手進褲袋裡掏來掏去，要找去山上寺廟求來的符咒，卻怎麼都像是在抓胯下。

他一手掐著打火機，一手捏著符咒的尾巴。火直直逼近符咒，把躲在纖維裡的雨水都拖出來。神明的指令彎彎斡斡了起來，顫抖著落在碗公裡。火好像有了自己的性命，沿著爬滿字的符咒走路。火再怎麼靠近，長繭的雙手也不怕，就等火沓沓仔（tauh-tauh-á）行完。

萬益叔一邊騎車一邊護著碗公，要去撒飼料。

冬天的魚大多在休息不進食，因此飼料不用多。因為落雨，池裡的水看起來又更冷了些。因為落雨，萬益叔日日夜夜守著的魚塭特別好看。

水面上滿是落雨的水泱，擲出去的飼料混在一堆漣漪裡面，也沒什麼存在感。而跟著飼料出去的符灰，如果沒有被雨水打中，便旋轉著飛著，輕輕貼到水面上。

這個水，這樣不行。

他想，今天下水固定一下風車好了。他自有自己的一套理論，他認為寒流來了水面這樣翻動會讓水冷得更快。魚不是怕冷，魚是怕太快變冷，是那個瞬間的變化害死了那些魚。許多同業不認為如此，水車是供給酸素的東西，怎麼可以關掉呢？但他非要下水去調整一下風車不可，只是感覺，這樣會有用。

「來好，你去敲（khà）電話予王老闆。」他對著天空大喊。

過了一陣子，才有聲音應對。

「是按怎你毋家己敲？」是來好嬸的聲音。

要是漁會有什麼講座，也都是來好嬸在去。來好嬸想說，去了也有免費的冷氣，有時會有小包的飼料，總是不錯的。她領完贈品後，就一邊聽著台上的年輕人交雜中英台語一邊啄龜。

「我叫你敲你就敲啦！」萬益叔用盡腹肚的氣力喊，符灰也飄得特別遠。

來好嬸只得跨上機車準備回屋子裡去，她喃喃的說：「若是雨繼續落，就會變更冷。若是雨繼續落……」

這個時候，阿弘哥正在床上。他總是殺魚殺到早晨八九點才回來。來好嬸回到厝內，好像回到一座洞穴一樣，沒什麼家具也沒有人聲，但她知道阿弘在。她打給屏東的楊老闆、高雄的黃老闆，然後再打給學甲的李老闆，但他們都說現在的時程都排滿了，要再等一個月了。來好嬸想要提高音量，卻又不得不壓低的說：「拜託、拜託先來抓我們的魚吧！」

去年也是這樣，趕不及在寒流來臨前搶收，只剩一池浮魚。今年來好嬸已做好萬益叔發酒瘋的準備。其他人養魚大多賺錢，就他連年虧本，脾氣不好也不是一天兩天的事了。

還好來了一個褲子沒有泥巴印的人，使得萬益叔的怒氣消了一些。經過魚塭之間的窄路時，大家顯然注意到他不是附近的養殖漁民，紛紛問他要找誰。那人說不用幫忙了，有個好心的女子報他路要怎麼走。那女子說話聽起來不是這裡人，但路記得可清楚了。他沒說的是，像她這樣的女子，他再也熟悉不過了，他的工作就是成全這樣一樁美事。

他們站在壟上，來好嬸看著萬益叔和那名男子，放心的架起帆布。水聲嘩嘩作響，來好孅不清楚他們說些什麼。只看到萬益叔向他鞠躬，似乎在多謝多謝的送他離開，很不好意思的樣子。原來是來告知最近越南新娘大減價。

碗公的符灰是完成了自己的使命，消解在魚群優游的水中。那一點點的灰燼，有人覺得根本是起不了什麼作用的，但萬益叔覺得那麼一來，這寬闊的水裡有無所不在的祝福，今年的虱目魚可以期待了。

收成以後，魚塭裡的水被放乾了，才發覺原來這麼多的水都是由土地背著的。村裡的人開始傳阿弘哥和跛跤仔的老婆有染。

仍然是趕不及收魚。寒流過後，市價雖然直線飆升，但池裡也沒剩多少活的了，死魚的價格直接被砍半。一些在捕撈時掙扎跳出網子的魚以為找到活路了，卻落在乾枯的岸邊，也沒有人願意去撿。蒼蠅在牠們身上舔舐著，和雪一樣的魚鱗飛在空中。

難得可以不用去魚塭，萬益叔拏著虱目魚的尾叉四處發送。無論好壞，他每年都會留幾條魚給親情五十，炫耀說今年的特別好吃。要給隔壁跛跤仔時，萬益叔對著門大喊，卻沒有人回應他。大陸新娘又沒工作只要顧家就好，或許是在睡午覺，他要告訴跛跤仔他太太好吃懶做。

阿弘哥那日回來特別晚，萬益叔要他代自己拿魚過去給跛跤仔。

萬益叔念阿弘哥是「迌迌囝仔」，但他跑也跑不到哪裡去。萬益叔也沒有多問，就回房裡睡覺。

在這個倚海的所在，有一條東西向的大路，還有一條南北向的大路。兩路匯集的地方成了一個小小的市街，有便利商店和超市，有賭博的地方也有喝酒的地方。

他特別晚回來大概就是去賭間。誰都知道背後的莊家就是這一區的議員，贏錢不敢贏太多，輸錢輸起來覺得安全有保障，更不怕警察來找麻煩。阿弘哥特別會幾手，沒事頭做去那裡也是另類打工。

在那裡還可以聽他換帖的西羅胡謅，聽他說豆干厝都怎樣的被他拆了，結束後小姐還津津有味叫他下次再來。叼菸的阿才說，她只是想多賺一點他的錢而已。

賭贏了，西羅和阿弘哥會平分贏來的錢。阿弘哥拿這些外快買了新手機，但他沒有多少手機上的朋友。倒是有個女學生敲他，ＩＤ叫外送情人茶。他說不了，我有女朋友了，他這樣打發她，卻也跟她聊了一陣子。他鼓勵外送情人茶，說她這樣很好，比起被老闆請被人抽傭，她這樣是自己創業。

還好這些兄弟不會拿這些事來嗆他，當他是個沒有能力的男人。不過西羅有時也對他感到厭煩，阿弘時不時就講自己的初戀，但是也都只是同樣一句「伊真正對我好」，真是個不會講話的人。

「有輸過，沒驚過啦！」他們繼續十八仔下去。能一直這樣自由自在的擲骰子，日子是很好，萬益叔也就沒多說什麼。

隔日，阿弘哥穿著一條內褲，手裡拎著兩條僵死的魚，就到跛跤仔家去敲門。但他沒有大喊也沒有按門鈴，就在外面伸頭探望。跛跤仔的電動車不在，阿弘哥想他應該是去上班了。既然跛跤仔不在，他就要走回自家。

背後傳來門滑過生鏽軌道的聲音，阿弘哥轉頭看到了小翠。他難得見她白天的樣子，頭髮沒綁，只穿著輕薄的睡衣，手裡還抱著睡著的孩子，聽到人聲就十分雀躍的跑出來。跛跤仔把她每日養在屋裡，就讓她照顧孩子、洗衣煮飯，村裡的人少看到她。只有買菜的時候她才會出門去，好處是沒讓南國的太陽把她曬黑。她浮腫的眼睛看到了阿弘哥，就停滯在那裡。

「啊……介個魚……給你們的……」阿弘哥丟掉流利的台語，用國語吞吞吐吐的說。

「……我們是隔壁養虱目魚的。」

小翠懂了，但是她站在原地沒有動。阿弘哥看她將原本懷抱的孩子遞到右手，想空出一隻手，來拿裝著魚的腥臊塑膠袋。

孩子剛洗完澡，阿弘哥也聞到爽身粉的味道。小翠試著讓孩子從右邊躺到自己左手臂彎上，但孩子緊緊抓著她身上的睡衣，把衣服拉成一座鼓起的帳篷。

「我幫你提進去好了。」

有人看到阿弘哥走進那棟房子裡去了。

大家都大陸新娘、大陸新娘的叫她，後來又有幾個村裡的老男人娶了大陸新娘，她就變成跛跤仔的大陸新娘。阿弘哥是少數知道她叫小翠的人。小翠則知道阿弘哥有個愛釣魚的阿兄。

萬益叔和來好嬸用虱目魚養活了七個孩子，他們不懂避孕，那個年代已經都這樣生養小孩了，規家伙湊做伙有夠組康樂隊或球隊。好天的時候，就能賺到一台機車或市內的一頓暗頓，歹年的時候，學費晚一些付也是拖得過去。他們總覺得放下新的虱目魚栽就會有希望。

那時阿弘哥從小認識的女同學剛過世。她是為了到魚塭找他，在路口被車撞死的。魚塭的路就那麼窄，看到有人了，也無法向左或向右轉，開車的人可不會讓自己掉進水裡。只能直直往前過去了。

阿弘哥一個大男人整日只想著跳魚塭自殺，還好後來阿兄教阿弘哥釣魚。阿兄帶他到海堤邊，告訴他哪種魚吃餌輕，哪種魚需要先下放再揚竿，要去哪裡找紅蟲，或是蚯蚓哪裡買最便宜。

魚友總是說，他是搏魚專科的，很厲害就對了。他們每日去堤防邊報到，時間化做消波塊上的薰屎[2]（hun-sái）。有斬獲能加菜，沒有斬獲也輕易的就度過一個一個下午。日子一久，手上都負著一條一條釣繩印下的血痕，總強過劃在手腕上的刀痕。

大多時候是晚上，阿弘哥的一二五點了一道涼涼的燈，為他和小翠指路。村莊在他們背後，便利商店在他們背後，阿弘哥的前面是荒涼的，背後是溫暖的。

在阿弘哥平時釣魚的海堤上，他們兩人站在那裡搧海風。

「我們現在要幹嘛？」阿弘哥問。

「想幹嘛就幹嘛。」

「我們現在到底在幹嘛？」

「不知道。」

他們兩個人站了很久。阿弘哥不斷說以前的事，小翠只是聽。這種時候說話是危險的，還不如忠於一開始的慾望。越是說話，他們發現越來越多兩人的共通點，他們都愛吃胖子開的那家魯肉飯，他們都各自有過愛人，他們都是認命的人。

阿弘哥說自從女同學過世，他就再也沒有感情了。村子裡的女人越來越少，他阿爸越來越急，但他就是不要被安排、被指定。當然做給他的許多女子當中，不是沒有他覺得漂

2 菸灰。

亮的、可以的，就是沒有……

「沒有什麼？」小翠問，但這不是問句。

風湧，風湧在他們前面只隔著堤防騷動著，但在黑夜裡他們看不到海浪，只聽得見海浪的聲音。

為什麼魚塭的土壟總是那麼窄，讓人一不小心就要跌進去。阿兄和阿弘哥做撈魚殺魚的工作做了十幾年，直到姊妹們都沿著土壟離開這個地方，他們還是幹活。除了大半夜的工作，阿兄還極力幫忙家裡的魚塭，倒飼料、除雜草。即使凌晨才從魚市場返家，白天還是沒有閒著。

萬益叔十分滿意，這樣賺來的錢剛好夠花用了，因此他喜歡阿兄也比喜歡阿弘哥多一些。萬益叔固定向兩兄弟徵收月給，當做是住在家裡的菜錢，剩下的一點就讓他們做去賭間賺外快的賭本。

一日阿兄工作完就再也沒有回來，萬益叔當他是接下去做其他零工了。這麼勤快的為自己賺娶某本，萬益叔是鼓勵多於責備，只覺得少一人當幫手有些不便。阿弘就不說了，一樣在家裡顧電視，萬益叔實在看不下去，想叫他出去開查某，免得在那裡刺眼。

隔壁池的人跑來告訴萬益叔，在滿池反肚的冰水裡看到了一個人形。萬益叔就只剩阿弘哥這個兒子可以指望了。

萬益叔打算著明年要花多少錢買虱目魚栽，最後決定不要再冒太大風險，做小就好。但他不會小氣，該大方的還是要大方。

阿弘哥照常在傍晚回到厝內，先把機車牽進門廊，再把魚竿放好。

他先是看見跛跤仔坐在藤椅上。跛跤仔不穿平常工廠的制服，穿著一件洗到變米色的白色襯衫，襯衫的一角垂在他扭曲變形的腳上。在跛跤仔身後的是小翠的頭髮，幾支毛躁的頭髮翹起來。穿著沒有袖的裙裝，露出一隻臂膀抱孩子。阿弘哥在外頭把魚線放開又捲了起來，終究還是得進屋子裡。

「今嘛是欲做啥？」阿弘哥說。

「你前幾日釣的魚仔太濟，你媽想講只有咱三个人吃未完，就揣跛跤仔一家做夥來食。」萬益叔已經在座位上，碗筷已經排好，就等他上桌。

「真正古錐、真正古錐……」來好嬸靠在小翠身上，捏著她懷裡孩子的臉。

「誰叫咱家就是人丁少，食袂完。」萬益叔補了一句。

「已經食一半矣，趕緊來食。」來好嬸拿了一副碗筷來給阿弘哥，把他推到了座位上。

「阮翁仔某若是看到阿弘娶某，就會使來退休矣。」來好嬸一邊說，一邊幫阿弘哥添菜。

「像你按呢娶媠某，我嘛甘願。」萬益叔說。

「歹勢啦！歹勢啦！嘛無啥好講的。」跛跤仔揮了揮手，因為他少一隻腳，身體也跟著晃動起來。

「腳變成按呢的時陣，我本來以為我會孤身一世人。自從娶了小翠，就覺得踏實許多了。」他故意要讓小翠聽懂。

「我真有這麼……」小翠托著自己的臉，可能是米酒的關係，兩頰紅了。

「讓我把話說完……」跛跤仔的手輕輕拍了一下桌子。

「記住這一點，有了老婆之後，她的嘴巴除了親你，不能讓她亂說話。」說完，跛跤仔和萬益叔一起大笑。

「當初我看到小翠，就覺得我是積了三輩子的福氣，才娶得到這樣美麗的老婆。」小翠忙著把食物搗碎，送到嬰孩的嘴巴裡，手臂垂下幾條皺紋。還是抬起頭對著跛跤仔笑了。

「兩個孩子一天一天大，大的過兩年就要上小學了。時間很快，但不會覺得自己什麼都沒有……」跛跤仔轉頭看小翠，「……對吧？」

「真的，我總覺得這孩子特別聰明，餵奶的時候眼睛轉來轉去，和別的孩子不一樣。大的這個還會問我一些連我也想不到的問題，指著路旁問我那些是什麼字。」

「我們家小翠也覺得你不趕快娶是可惜。」跛跤仔補充道。

「這個吃得習慣嗎？」來好嬸又再挾了一塊魚皮給小翠。

「怎麼會不習慣？也四五年了，睡這裡的床睡得比大陸老家沉。」阿弘哥看著她，她對著來好嬸笑。

比較大的那個孩子小名叫做小皓，已經可以自己坐在板凳上了。萬益叔喜歡他，一直挾魚的腹肚肉給他。但他偷偷再把肉挾給媽媽。

「你吃一點吧，多吃一點才會長大。」跛跤仔對小皓說。

「沒錯，聽你爸爸的。」

但孩子一直搖頭，閉著嘴巴不說話。

「不要這樣，等你長大了，你要做什麼就做什麼。」

很快的，桌上就只剩下魚刺。跛跤仔沒有出聲，小翠就放下懷抱中的孩子，把枴杖放到跛跤仔的腋下。空著的另一邊的腋下，小翠把自己的手伸進去。她身體瘦小，但輕輕一拉，兩個人就一起站了起來。

來好嬸趕忙收拾桌上的碗盤，賓主都對這一餐滿足。沒有像往常一樣留菜下來，好讓阿弘哥午夜要上工前吃。要離去前，跛跤仔和小翠連連向他們道謝，也要他們改天到他們那邊去吃飯。

「你講，你昨日晚上有去工作嗎？」萬益叔坐正對電視的藤椅上，阿弘哥坐在角落。

「若無欲做啥？」阿弘哥照例笑著。

「會當做啥？問你自己啊……」

阿弘哥不想講話。每次萬益叔在罵人，不講話是罵，回話罵更久，因此養成了他安靜的習慣。你把家裡當做是飯店、厝沒有厝的款、無路用的人。他只覺得父親真是老了，連罵人也要學連續劇。

「別人買的，你憑什麼給人用免費的。」

「誰跟你講的？」

「誰講的無重要……」萬益叔手叉著腰，「……要就自己娶一個。」

他撂下這句話後，就回到房間去了。

「恁阿爸也毋是真正想欲規日念你。」來好嬸從廚房走出來，走到阿弘哥身後，一起蹲下來。

「我當做你是毋是有啥問題，所以才一直無娶……」來好嬸擦了一下自己的眼角，忍住不要笑出來。

「還想說要給你補腎或帶你去看醫生，這次之後，我放心了……」

他向前靠近了母親，他的母親笑著笑著卻放縱的哭了起來。

「我無問題、無問題……」他輕輕的拍著母親的背。

萬益叔把這五年的積蓄都給了他的愛子。來好嬸向土地公請假了幾天，有一段時間不再天天到廟裡去摒掃，她得把原本堆放魚具的房間清出來做新人房。阿弘哥去了越南一趟，回來西羅興奮的問他搭飛機是怎麼樣的感覺。

萬益叔算著將來媳婦如果娶進門，每個月也會多個一兩萬的收入。而且他趕上了折價的尾聲，剩下的錢剛好能買一批新的魚苗。數量比往年少，更是得好好顧這些魚，萬益叔和來好嬸又一起上山拜拜，祈求祂保庇今年的魚養得平安。

池裡的水又滿了起來，裡頭還沒有撒入符灰，有的只有虱目魚栽。

阿弘哥坐飛機前的幾天，來好嬸要他不用緊張。那幾日，阿弘哥天天去釣魚，卻總是空軍，保冰桶和出發的時候一樣輕。阿弘哥收起釣線，映在水下的那條線也被捲起來了。他沒戴安全帽，一路吹風回家。「外籍新娘二十萬保證處女」和「天國近了」一個占據一根電線桿，沿產業道路交錯進行，有的貼在一起，變成「信耶穌得越南新娘」。

在海堤上，他想起兒時看阿爸放魚的時候。他擠在水盆旁邊，臉就要貼到水裡面去了。越過冬天活下來的虱目魚栽在水裡，像會動的芝麻，牠們浮在透明的空間當中，下一眨眼又跳到另一處去，懸浮在那裡。阿兄和他一起揉了揉眼睛。這麼小的點竟然能長成那麼肥、那麼長的一隻銀色的魚。

帶來魚栽的頭家手持一缽白色的瓷碗，伸進去水裡撈起一瓢水，倒到另一個大塑膠盆裡。只是像蜻蜓一樣輕輕一晃，連魚帶水，就置換到塑膠盆裡，而水盆竟然沒有什麼波浪。舀起來的那一瞬，魚苗都靜止了。頭家一邊舀，一邊數念魚栽的數目，唱成一首歌。

他總是聽著數魚的歌，興奮的跑來跑去。等到歌唱完了，頭家就會知道總共有多少尾虱目魚栽，阿爸確定了數量，就會將魚栽載回去，要趕在三日節前，放養進魚塭裡。

那幾日，跛跤仔放工回到家裡總詫異的問小翠，怎麼煮了一桌豐盛的海魚。

# 等鷺

我在大學校園邊緣的研究室裡頭翹腳，思考著我的碩士論文要如何完成。這已經是我的第五年了，教授前幾天開完會跟我說：「你要留下來當博士吧。」那個吧後面是介於問號的上揚和對事實的讚歎，和我的狀態剛好相符。教授欠身推了眼鏡，意思是再不畢業就是把碩士當博士在念了。

於是我終於開始動筆撰寫。其實研究本身已經做得差不多了，數據、文獻都已經蒐集完畢，只是疏懶於把它們寫下來。我打開 word，輸入論文主題〈黑面琵鷺遷徙行為之初探〉，打了引言後卻又停頓下去。

我不得不想起那個紫紅色的天空，太陽像一顆在關機中的電腦主機按鍵，那一抹光背後有巨大的程式在運作。在那個日與夜的交界、陸與海的交界，一切都變得模糊不清。

堅勇伯沉默成了一株海茄苳。

很長一段時間，我們都不能靠近海邊，據說那裡會有敵人爬上來，因此村裡的人對海邊總是不了解。當我問我爸，海邊有什麼？他說他也不知道，因此特別引起我的興趣。反正那段時間阿爸也沒空理我，阿爸每天都要把影子種進水田裡。大家再不種影子，我們村子農會的糧倉就要空了，至少鄉長是這樣跟我們說的。

所以我總是和玩伴騎鐵馬往海邊去，沿路上想像這裡曾經存在過的傳說，有人說這裡曾經是西拉雅的大社。但我只看到豆漿店的大蒸籠、廟口一朵一朵的帆布雨傘、畸零地上雜草孕育的狗屎，還有汽車貸款的廣告。

再騎遠一點，風景換成貼著競選廣告的電線桿、搭有鐵皮屋的三合院和矮透天。房子後面都有迷宮一樣的水道，也把馬路曲折成迷宮。水道在那裡蜿蜒的發臭，間歇冒出一株欖李、五梨跤或海茄苳。那大概是最毫無章法的一類植物了，沒有什麼特徵，形狀也沒有什麼規律，就在丟滿維士比和泡沫綠茶的濕地上生長出來。

旁邊的房子有的還用茅廁對著水，住戶像美軍空投飛彈一樣，把屎轟炸在水道上，開出一朵美麗的蕈狀雲，那些消化的剩餘像一艘獨木船划到大海。有些地方水上浮著一層彩虹，你趴在橋上凝視好像看到了萬千的曼陀羅，忘了鼻子正在被蹂躪，你總是好奇那裡私藏著嚇人的東西，例如一隻放水流的死狗。

每次漲潮退潮後，水道又會有一些細微的改變，使你記也記不起來。

一次我像平常一樣在一片空曠中吹風，只有腳踏車鎖鏈咯吱的回音。在一叢茂密的烏樹林裡，我突然感到背後一陣濕黏的溫度，像是一隻做了日光浴的蛇，嚇得我不敢動。

「是人是鬼？」

它靜靜的沒有說話，於是我再說了一次。

「是啥物物件？」

堅勇伯移動了一公分，他帽子上的樹枝率先顫抖。

「恬恬啦！攏予你驚了了矣啦！」

他扒了我的頭，一群水鳥吱吱喳喳的在我的腦內騰空而上，臉上好像被無數的翅膀拍打。我定睛一看，他在這樣的熱天身穿灰白色背心，臉上塗著泥灰，戴了一副粗框圓眼鏡，頭上頂著迷彩漁夫帽。不知道為什麼這類的人都要戴這種四處張揚「我是探險家」的帽子。

堅勇伯又對著槍砲一樣的相機看了一會，我看著他對準遠方待發的樣子。砂馬蟹掩在洞口觀望，花鰍魚黏在泥地上不敢妄恣彈跳。整個濕地好像都在等他吐了這個禁住的氣之後才能繼續進行下去。

無好的 shot 啦！他用濃厚的日本腔說夏豆。

那天他也不拍了，只顧著和我這個少年家聊天。

原來我們村的海邊聚集了一群不把影子種在田地裡的人，他們是和堅勇伯一樣的鳥友，而且他們都有一些共同特徵。例如他們都喜歡大地色系的漁夫帽，某些人戴起來特別滑稽。他們總是把車子停在防風林前面，然後走半小時的路到海邊，而且車窗上都貼著鳥類的貼紙，有的貼在副駕那側的窗戶，有的貼在車屁股。

我帶著童軍椅，和堅勇伯一起坐在緩緩下沉的軟土上，等待日頭一同陷落。但並不總是那麼幸運可以看到他們說的烏面抐桮（oo-bīn-lā-pue）本人，有時候是一些小燕鷗、東方白鸛和遊隼。烏面抐桮是無法接近的生物，如果你向前走幾步，牠們會飛到幾公尺外的沙地，你再往沙地走，牠們又會飛到幾公尺外的河口。我就是喜歡這種追不到的東西，堅勇伯說。

我們總是要在好幾個足球場遠的地方靜靜的等。有個叫先明叔的鳥友胃腸不好，常常關不住一個響屁，就把整群鳥兒都嚇得一齊飛走，引來眾鳥友的嘖嘖聲。

還有個鳥友為了追黑面琵鷺，跟著牠們開車沿著海岸公路一路向北，遭遇了翻覆意外。他的妻子過世了，而他在加護病房醒來。

他們在那重複的樹葉底下，長出潛伏的呼吸根。我根本沒有武器可以望見這些鳥兒，只得逡巡在鳥友們的望遠鏡之間，貪看那一小圈的縮影。說到這我才想到，在我進研究所以前，根本沒有真正親眼仔細看過任何一隻黑面琵鷺。透過我的近視鏡片，牠們只剩下一個視網膜上的汙點，像稿紙又像綠豆糕。我是說，這個小黑點可以化做芝麻痣仔（thiàu-á）貓斑，但就是長得不像照片上那樣。

黑面琵鷺大約是在九月底到十月會抵達我的家鄉，對於鳥友們來說，搶得第一個看到便可以囂俳一整年了。他們有時還為了誰是第一個看到黑面琵鷺而爭吵，互相指責對方邀功、割稻仔尾。堅勇伯追逐得最凶，常常沒有什麼人就到那邊等了。我因為無聊也會去和他同坐。

有時候顯然是等不到了，他便和我開講，開始教我怎麼攝影。他說，講攝影太沉重了，講拍照就好，自拍也是拍照。從基本的光圈、快門、曝光時間，到怎麼抓景框、怎麼製造景深，他好像得了傳人一樣把紅樹林當做教室講未休。

堅勇伯說，好相片的作品有分幾種。一種是在某個特殊的地點拍下的，像是去西藏啊、大溪地、巴黎鐵塔，不然近一點去安平古堡也可以。然後在一個天朗氣晴的日子裡，把眼前看到的風景抓下來。許多旅行雜誌的封面或是看起來就是這種的，只要拿著相機到那個地點，你就可以得到類似的相片了。

另一種是抓住某種難得的時間，可以是一瞬間，或是持續進行的瞬間。你機會不多，有的人錯過了那樣的瞬間，有的人到死翹翹也等無。

拍黑面琵鷺難在哪裡呢？就在這道必須保持且難以跨越的距離吧，它把一切的技術攏縛牢牢。再加一個黃昏，那就有得玩啦。黃昏的光線原本就不是很多，要知道那麼遠的光線要到達我們這邊，又讓鏡頭能吸入去，只賭一點仔囝。

最好的照片，至少是對堅勇伯來說最好的，是那種把自己的精神放到裡面的照片。所以他學黑面琵鷺的叫聲，那是一種像打開木板門一樣的咿咿呀呀的聲音。他也學黑面琵鷺覓食的樣子。牠們吃食的時候眼睛沒派上用場，而是用牠們長長的嘴去擾動水面，鳥喙像手一樣來回撥動去觸魚仔，便被人用抐這個字來形容。抐湯抐屎，亦有同工之妙。牠們和風競逐，在水面寫下一道道波紋。

然後他蹲伏在泥地上，伸著脖子，拍動自己的臂膀，奮力的對天空跳躍，遠遠的看像一隻肢體障礙的鴨子。我才知道原來有人的影子可以飛起來。

也許那時他就聽聞要造路的消息。

每到黃昏，堅勇伯心裡的土石就會發生一些鬆動。一個小時、兩個小時、三個小時……過去了。在他靜靜守在茫草叢裡的時候，他的心神恬恬經歷無數次漲退潮。

我有一次在沒有黑面琵鷺的時候造訪堅勇伯他家，發現他竟然對著日落落淚。才知道傳言說的並不假。

當時我跟他借來腳架和雲台，要拍學校的影片。做完影片已經過了黑面琵鷺的季節，他不再去濕地，於是就得到他的住處歸還。

他住在商店街分支出來的一條小巷裡，拐進去就把攤販的叫賣聲都摺疊起來。雖然不是太大，但也是獨棟的透天，和其他的平房保持著一條窄巷。前庭種著幾株蓮霧樹，地上還有一排土堆，保留著以往務農的痕跡。房子只有兩層樓，屋頂有著日式的黑瓦，上面掛著零零落落的天線和避雷針。

其實走沒幾步就可以到房子那邊了，但有一道鐵柵門擋著。仔細一看，並沒有鎖上，但我不敢自己打開柵欄闖進去。

當我還在找門鈴的時候，我瞥見他在窗邊的臉。臉上沒有誇張的表情，大概就像是在等拍照時機一樣。但是又覺得他的靈魂不在那棟房子裡了，我不知道他到底是怎麼了，到底是高興還是難過。他一直靠在窗邊，兩顆眼睛當中延燒著黃澄澄的日落。我其實並不看得非常清楚，但空氣中深深的無力感傳到了我的身體裡。

我沒有再走進一步了，我也不希望近距離看到他傾頹的樣子。

這麼貴重的東西，我不好意思像這裡的人送禮一樣。他們總是在門口呼叫幾聲屋主的名字，如果沒有得到回應，就把水果、羊乳或者自家種的冬瓜放在門前走了。等屋主回來時，因為發現突如其來的禮物而感到驚喜，通常也都知道會是誰送這樣的東西來。

所以我只好背著腳架雲台又回家了。

有時候，看照片就像看一件一件真實存在過的東西。但有時候，看真實存在著的表情，卻像看一張一張的相片。

之後聽他隨口說道，以前的人以為被翕相機翕著，魂魄會予掠掠去。所以他們被拍的時候總是特別驚恐，尤其你無法阻止別人拍你，只消翕相機一眨眼，你就知道你被拍了，但也來不及抵抗。攻防結束於一瞬，留下一個一個想要逃逸的靈魂的尾巴，是憤怒與感傷，還是遺憾與驚嚇？那是由多種已知的情緒疊加出來的總和，觀看的人總是沒有任何東西可以去參照。自己沒有過那些情緒的總和，是無法代入相片理解的。

阿爸拖著影子回來的時候，問我都去了哪裡。他抱怨做了一天，也沒有長出幾箍錢，長長的影子卻是越來越短了。

我說我都騎車去海邊，還說遇到了堅勇伯的事。阿爸說他想不通為啥物有人對一堆漉糊糜（lok-kôo-muê）這呢有興趣？那個堅勇伯明明有他阿爸留給他的田產，卻不好好經營，偏偏要和人走街頭選代表，結果選輸了。牽手過身了後規日佇厝內，閒閒無代誌，於是整天就是去追黑面琵鷺，真是盼仔一個。據說是犯憂鬱，那是閒閒無代誌的人的病。

我打算再找個時間去還他腳架，但是面對堅勇伯是無法平常以待了。我暗自猜想他是怎麼樣和黑面琵鷺拉鋸著。

聽說他選代表的時候，提出來的政策振奮了許多人，他們的影子都鼓動的走了街上去。那次選舉五五波，屬於地方角頭一方不得不使絕招。選舉結束之後，當初支持他的人回去繼續種作、工作，一邊掘地一邊帶笑的說，當初還說我們不用每天把影子種在這裡，可以自己決定要做什麼就做什麼，還說要把農會的糧倉打開讓大家平分呢。說著說著，凸顯了現下的古意和踏實。

阿爸提醒我可別學堅勇伯，他那幾台相機每一台都值一輛車子。我們這種人怎麼買得起，還是把影子安分的放在地上。

那一日像是慶典，卻少了花籃花圈，也沒有搭起給總鋪師煮飯的棚子。

那是國中的體育館，也是庄裡的活動中心。幾十年前就建好的了，符合著當時對秩序和無趣的要求，方方正正的躺在兩條叉路口。舉凡運動會、結婚宴客、宗親會都在那裡進行。講台上一頭掛國父，另一頭掛著先總統，他們兩相對望。村民和他們一起喝喜酒跳恰恰，歐巴桑和他們一起跳土風舞，在他們的眼底和精神訓話底下歡聚和離散。

我跟著人群走入體育館，原本空蕩蕩的體育館放滿了鐵椅，人也坐滿了一半。有些人刻意選最後面、離門最近的位置，有些人準備好似的坐在前排。他們在這裡，為了談論開闢一條新的馬路，穿過濕地從我們村子通往外面去。人的聲音在滑溜的牆壁中彈射，讓這裡好像有著更多人一樣，持續的嗡嗡作響。大家為這少見的場合興奮著。

舞台上架了一張摺疊桌擺了幾張椅子，等待不一樣的屁股坐下來。雖然他們可能會說他們很親民，但是一張摺疊桌就足以讓沒有摺疊桌的那邊像小學生一樣遵守規則。

我看到了先明叔，向他大力的揮手，不過他沒有看到我。他和一群鳥友穿著T恤戴著帽子，好像把這裡當野外一樣。

拖了一段時間才開始，市政府、議員、區長、教授一個一個發言，村民向許久未見的親友招手，用誇張的嘴形互相溝通。等到要提問討論的時候，氣氛總算活絡了起來，就像剛進到會場那樣，大家的身體和話語都沒有找到自己的位置。

里長伯起身發言，他是那種會在請客筵席上大聲招呼，然後興奮的跑到台上唱卡拉OK的那種人。他的手像是負有隱形啞鈴一樣有力的舉起。

麥克風傳遞到他的手上，疏疏落落的叫囂聲幫贊著他。

「阮這人口已經攏流失去矣，庄仔內只有老人和囝仔這恁知嗎？阮只是希望這條路可以起造爾爾 tà。若有路，就有人通行，有人通入來咱的庄仔，少年人就會通返來啊tà。」

他帶著我們這裡特有的 tà，懸掛在句子的尾巴。分不清的人還以為是檳榔擔、路邊擔、點心擔的擔，好像在描寫我們這裡的風景一樣。

「咱遮真濟人攏是靠飼魚仔生活，這寡野鳥暗時攏四界飛，偷吃咱漁民的心血。看鳥仔的這寡人，敢知影咱的辛苦 tà……」

「外地來的憑啥物對咱指指點點……」

嘿啊、是啊的聲音開始在活動中心裡漲了起來，公文信封、鼓吹造路的文宣、反對造路的文宣，都像紙船一樣浮在聲音的海上。

最後會議結束在「開通道路是媽祖婆的指示，不可違逆」這句話上。議員拿著麥克風，把這句話用丹田的力氣發送出來，迴盪在體育館裡。

摺疊桌又被搬到倉庫裡，被有尊嚴的收拾起來。

還好那天堅勇伯沒有去，不然他會在這些聲音的海裡面翻船。還有人直接對反對造路的人大吼，叫他們和鳥友們離開這裡算了。

堅勇伯一直要一張完美的照片，所以他把影子掛在了濕地上，他更希望一隻黑面琵鷺來把它給叼走。

來到我們村莊時，牠們選擇棲息在內海仔，牠們對水位十分挑剔，要那種立著剛好及膝，卻不能沾到羽毛的高度。於是牠們追逐著地球和月球的交互作用，在晦暗不明的潮間帶來來回回。看似靜止的牠們，其實如同這片海墘一樣不斷移動。

晚上牠們會分散離開去覓食，可能是附近的魚塭、內陸一點的濕地，有時甚至會到好幾公里以外的地方。礙於拍攝工具的限制，幾乎沒有牠們晚上活動的照片。然而在下一個日落，牠們又靜靜站立在那裡。

黑面琵鷺行蹤不定，關於牠們為什麼要遷徙，至今仍是個謎。牠們在南北韓交界的軍事管制區懶散的巡邏，或在北方的無人小島盤據於峭壁，一次一次的出去向大海打撈。牠們在那裡生活得好好的，為什麼要來到我們這裡呢？

甚至牠們什麼時候出現在這裡，也有許多爭議。堅勇伯肯定牠們是從古久以前就在的，甚至在西拉雅人生活在這裡追鹿的時候，也應該會看見牠們。

但黑面琵鷺被發現也不過兩百年。做研究時我查遍了所有文獻，在台灣是史溫侯最先看到牠們。他在期刊上寫道，他因為朋友「成功的獵捕」而在淡水獲得了黑面琵鷺，過了十幾天又獲得兩隻。我們已經很難想像充滿烤香腸香味和人潮的淡水河口如何迎接這種嬌羞的鳥類，更難以想像史溫侯的朋友如何獵取牠們。他在喜悅中讚歎：「看啊，黑面琵鷺的謎題就要解開了！」

史溫侯決定科學的對待牠們，剖開了牠們的羽毛，首先是牠們恐龍祖先留下的Y字形叉骨，史溫侯量了每一支骨頭的角度，並且比較牠們骨頭中的孔洞。結束後，史溫侯覺得自己為科學做了一次虔誠的侍奉。他在文末加註，琵鷺的肉很可餐！

但是找尋黑面琵鷺謎底的過程並沒有結束，所以我才會在這邊做實驗。而且每個時代都會用自己的方式來解釋黑面琵鷺，有一段時間認為是演化影響了牠們，最近科學家則傾向相信牠們的不安埋在基因裡，才會有一股飛往遠方的趨力，寧願冒著幾千公里的危險。

日本鳥類學家在我們的村莊做研究，記錄了當時黑面琵鷺的數量，大約只有五十隻。再之後因為村民被禁止前往海邊，黑面琵鷺便查無文獻，好像消失了一樣。然而堅勇伯從那時開始就孤身前來，默默拍下了許多黑面琵鷺的身影。

經過海邊的公路有一座瞭望台，遊客路過時會無視於紅線的存在，不由自主的把車靠邊停下來。他們打開車門，走下貨車、油罐車、小客車奔馳的馬路，走去那座瞭望台上站著發呆，或拿起手機拍照或自拍，或就單純的站在公路上。有些人待個十分鐘，有些人一站就可以站一個小時。一些運將也停下來，看看自己平時超速而過的風景。那些大聲吆喝、咒罵下屬、搬運家具的，都被海收斂起來。公路面向海的那一側總是比較熱鬧。

堅勇伯把他目前為止滿意的作品印成了明信片，在那座瞭望台發送明信片給路過的人，用他古拙的舌頭說，這就是烏面抐桮，伊是毋是真媠？眾人也都很開心的收下了，真是漂亮的相片，有些人會從中挑選自己最喜歡的挑選好一陣子，有些人則是每種版本都各拿一套，反正堅勇伯也不覺得可惜，甚至感到開心。

堅勇伯一邊發一邊問我，他們在公聽會上面說了些什麼？我說就冤家來冤家去，好像不會有什麼結論。似乎決定要再開更多次公聽會吧！那個說開路是媽祖婆指示的議員，就是當初跟他角逐代表的對手。

他大聲的在瞭望台上講話，向所有人宣布黑面琵鷺的珍貴，牠們的美麗和害羞。這樣的聲音並沒有被海浪的絮語蓋過，直直通往當場所有人的耳朵。大部分的人轉過頭看了他一下，然後慢慢別過去，自顧自的看風景。我也不自覺的往瞭望台的角落退縮，甚至會想假裝不認識他。有些被帶出來玩的孩子不小心認真的聽了，問他們的父母堅勇伯講的是什麼意思。

沒有候鳥的時候，我真不知道堅勇伯都在做些什麼，怎麼度過一日一日的黃昏。他的孩子都到外地去工作了，一個在高雄，一個在台北，據說是受不了他和籐壺一樣的固著，把一間房子抵押掉，只為了去追黑面琵鷺拍照。

這裡的人大多很樂觀，覺得黑暗的時候，就去點一盞光明燈。宮廟裡面有許多助印的佛經、了凡四訓，教會也會發送免費的《聖經》。他們常說，你要相信東方有一個西方極樂世界，西方有東方三博士帶你找到耶穌。所以無論你往哪邊走，都會抵達寧靜的地方。

但怎麼會東方的理想國度在西方，西方的理想國度又在東方。豈不是要來來回回的走嗎？到底會停在哪裡？

幾次的開會之後，路是決定要開了。

為了完成論文，我沿著現有的道路駕駛廂型車，裡頭載滿一路伴奏敲打的器材，還有暈車的研究生同學。我們停在長滿雜草的路肩，穿好膠鞋，走向那條預計要開拓的道路。村民的期待沒有馬上成真，只是先架上鐵皮圍籬，預先把內海仔和陸地隔開。我在那條隱形道路的起點，接過夥伴手上的黑面琵鷺。牠是一隻幼鳥，之前食物中毒倒在魚塭旁被發現，我們把牠帶回所上飼養，經過一段時間休養後已經回復體力了。

確認衛星發報器正常運作後，我們將牠輕輕放在隱形的道路上，牠的腳一步一步往前，踩了越來越多的泥土，留下越來越多的腳印。然後就沒有腳印了。牠晃動了一下後腦杓的羽毛，收起腳跟，一躍而起。白色的身體消失在刺眼的晴空，但仍在泥地投下堅定的影子。漸漸的，影子也看不清楚了。

即使我們看不清，小琵鷺身上的發報器仍然放送著座標的訊息。也許透過一次一次的確認，我們就能清楚黑面琵鷺飛行的路徑。

野放完後，我請研究夥伴在車上先等我一下，自己往舊鹽田會社的路走去。一開始是柏油路，上頭散著星星一樣的菸蒂，然後是水泥地，眼睛開始被揚起的沙子搔得睜不開。

接著踩進濕地後，恨不得自己的鞋子沒有重量。偶爾有一罐半滿的寶特瓶，載著沒有被喝完的瓶中信，或出現幾坯墳墓。渾厚的葉子從鹼鹽中提煉出來，那是沒有被海水渴死的證明。每一晝夜之後，他們又會把種子插在濕地上，把自己的根移動幾步，整個林貌看起來又截然不同。我的手機訊號也一格一格掉在地上。

村民們想要一條路，期待什麼樣的車開過來。車潮帶來人潮，人潮帶來錢潮。

修建廟宇的計畫在樂觀之下提早進行，屋簷上的剪黏又重新飽滿了起來。回來的是一隻一隻的鶴，南極仙翁騎著最大的一隻鶴降落在廟脊上。堅硬的瓷片構成柔軟的羽毛，每一片羽毛都凝聚著日光，羽翼之下都投射著陰影，加上薄胎易脆的質地，讓仙鳥更加立體起來。村民們互相祝福松鶴延年、竹鹿平安。栩栩然的鶴在村子裡生著。

後來我再訪濕地也都找不到堅勇伯。我問其他鳥友，他們也不清楚他上哪去了。或許是追著黑面琵鷺到了其他地方。

我想堅勇伯不會太難找，在路上我總是會注意看車子是不是貼有鳥類的貼紙，裡面坐著的很有可能是他。

但我後來才知道，在車子上貼老鷹貼紙，並不是為了標誌自己愛好鳥類，而是為了防止其他小型鳥不小心撞上玻璃。

我也才知道，那些飽滿的樹葉掉在地上被濕地吸去的聲音，小白鷺撈出小魚濺出水花的瞬間，招潮蟹啃食翻肚的魚屍，堅勇伯黏坐在濕地裡的黃昏，都是和限量而往復的時間在競合。漸漸冷卻的日頭偏斜了整個世界，把內海仔的水都洗成金沙。堅勇伯把自己築成一座孤懸於外海的沙洲，進行著寧靜的戰爭。風推動金沙，黑面琵鷺的羽翼在一片流動的鑠光中不斷顫抖。

蒼鷺的銀灰色首先帶來徵兆，光線慢慢低落，天空比大地亮許多。海染著日頭的色水，把天上天下溶成了一片。

「你說，牠們今年會來嗎？」最後一次見面時，他問我。

「會的，牠們每年都來。」我說。

「可以借我你的相機嗎？」我突然一時興起。

「欲創啥？」

「予我你就知。」我對他笑了一下，他拿下脖子上的皮帶，把相機交在我手中。沉沉的，我差點就失手把相機摔在地上，那真是個危險的東西。

我對著鏡頭看相機裡的世界，那天天氣不是很好，就幾隻黑色的剪影，看不太出是什麼鳥。他面對大海，看得出神，脫下漁夫帽之後是整頭銀髮，像是琵鷺的綴羽。曾經鼓動的臂膀橫著皺紋，發出鳥叫的嘴巴沒有聲音。

也許他在想像白色的羽毛劃過彩雲，一點一點的，渚到一些暈開的色水。牠們在天上繞行了好幾圈，才慢慢伸長腳，著在有雲的水上。那長長的鳥喙又成群的降臨人間。

我按下快門，拍下了他的樣子。

他猛地轉頭過來，對我說別拍了。

「就當做是練習。」我說。他盯著螢幕，看他自己的雙眼，看他眼尾的皺紋，像見到久未謀面的好友，稱讚我拍得不錯。

過幾天他把相片洗了出來，拿來要給我。

「這是你的相片，家己留就好。」我推辭說。

「無無無……這張予你。」他說。

他送給了我那張照片，說當做是等路。我回去問阿爸等路是什麼？阿爸說那是祝福的意思。

# 零星

阿爸從來沒有學會用零錢包，他都把找零放口袋。某個年紀的阿伯好像都這樣，習慣在屁股後鼓著一條長皮夾，每次坐下都不厭其煩的抽起來握在手心。少女時期總是看他這樣很礙眼。

當他走近，你會先聽到而不是先看到，像繫著鈴鐺的貓。那樣銅板和銅板撞擊的聲音，總是讓我想起聖誕節前後的零碼服飾店、ＤＭ上印滿折價券的地方超商，到處充滿了那樣歡樂的鈴鐺聲。他是個沒有帶禮物的聖誕老公公。

真哭爸，真哭爸，真正有夠衰。

對阿爸來說，這首歌是這樣唱的。

彼時你偌大？國小四年抑是五年？阿爸問我。

他躺在病床上，眼皮不斷跳動，手也不斷晃出細微的影子。在黃色的床頭燈下，讓我誤以為是自己度數又不夠了。我用力眨了一下眼睛，閉了兩三秒，懷疑自己是不是因為改學生的作業改得勤，導致眼睛乾澀。之後不會再有這樣的狀況了，也許還會乾澀，但造成的原因不同。

你怎麼會有印象？他又說了一遍。

我當然會記，彼時我已經毋是囝仔矣。我一邊說，一邊把手伸進口袋，往深處探，弄得叮叮作響。打撈了一陣子後，我把一手的聲響靜止在他的床頭櫃。

醫院為阿爸在床頭櫃上掛了一張又一張的牌子，其中之一畫了個不倒翁，寫著「謹慎注意防跌倒」。紅色的橢圓形，中間加了簡單的圓圈做眼睛，簡陋而可愛。同個病室內睡了四個人，還有一張空床，我望了一圈，不倒翁這張幾乎每位病人都有。但阿爸還有一張「小心病患逃跑」，沒有圖案，只有加粗的黑體字。

阿爸朝著頭上的櫃子瞄了一眼，沒有轉動脖子，繼續說，我知影狀況毋對，但是有預感也袂傷（siunn）害。至少對咱來講袂傷害，所以我才無去共恁叫醒。

我當然記得那一晚。我和台灣許多人一樣從沉睡中迷迷糊糊醒來，在那之後學校還放了幾天假。我忽然沒有了目標，在家裡整天晃過來晃過去。阿母接了摺玫瑰花的小工，看起來很好玩，扭一下鐵絲和紙片就能變出個東西。我說我沒事做，但阿母不准我碰，她要我去看書。後來幾天我竟然期待上學了。回到學校，大家不斷問鄰座你有沒有被搖醒？你那時候在幹嘛？

真正醒過來的時候我已經站在房間裡了，並且維持同樣的姿勢幾分鐘，確定不是自己頭暈。沒多久，天空又恢復烏暗的恬靜。我看了看旁邊還在睡的妹妹，想了幾秒決定不吵醒她，咿呀咿呀的打開門。

我跑到客廳想要偷吃一點零食，在那樣的深夜裡，我以為只有我一個人。阿母平常不准我們吃零食餅乾，但會買一盒義美或喜年來蛋捲放在客廳桌上，準備給來做客的人吃。等到快要過期，我和妹妹才有機會吃掉它們。我想反正沒人會數鐵盒裡有幾根蛋捲，偷吃一支也不會有人發現。

地板傳來涼意，我踮起腳尖走路，循著狹窄的階梯走下來。從客廳到房間是陡斜的鐵梯，沒有扶手，儘管梯面有十字形紋路，我仍時常夢見我從上頭滾下去。我一腳伸下去，碰穩了，才敢伸另一腳。還沒離開樓梯間，我就聽見兮兮簌簌的聲音了。

阿爸穿著四角褲在客廳走動，他的腳底黏在地板上又提起來，發出紙上撕貼紙的聲響。在暗漠漠的封閉的家裡，像一條野狗在無尾巷內繞圈圈。

我不小心踢倒了茶几旁邊的垃圾桶。幸好裡面沒什麼垃圾，但回音就飽滿了。

他往我這邊看過來，用氣音叫了一聲妹仔。

揣無呢！我的皮夾，他說，把頭探高。阿爸跤手細支，手腕頂頭骨突出，這麼伸長脖子更像公雞了。

他說一開始搖得很厲害，他從床上跳起來，想帶著皮夾逃跑，卻四處找不到。地震是停了，他卻因為找不到皮夾而沒有回去睡，找皮夾找到客廳來了。

阿母呢？

轉去睏矣。他裸著上半身，手掌趴在地板上，往椅子底下看過去。

我伸手要去搆放在茶几中間的蛋捲盒，整個身體貼在桌上，只剩腳尖接觸著冰冷的地板。

妹仔，他看了我一下，咱去巷仔口的便利商店吧！

敢無欲繼續揣？

阿爸搖搖頭。他在西裝褲裡找到了一些零錢，夠我們買好幾包乖乖，再配一盒牛奶。那時街頭新開了二十四小時的便利商店，裡頭的冷氣像從水田裡吹過來的風。在那裡可以買到改名成樂事的波卡，還有一堆津津蘆筍汁、黑松沙士以外的飲料。

阿爸小心翼翼的拉起鐵捲門，生鏽的軌道吱吱作響。他只敢拉到他腰部的高度，怕吵醒其他住戶，殊不知街上也有人走著。我很輕易的從底下走出去，溜在外頭扠著腰，等待阿爸自下面向腰軁過去。儘管是夏天，暗夜的小路兩旁草尖還是沙沙擺動，頭髮飄起來，睡衣和身體若即若離。杜猴[1]（tōo-kâu）藏在不知名的地方扯破喉嚨的叫喊，水雞也發出

1 蟋蟀。

沉沉的低鳴。

我想著明天會不會爬不起來，趕不及去學校，因此挨老師的棍子打。阿爸叫我別擔心了，地震真的很大。明天可能會上報紙噢，不知道報紙會怎麼說這場地震。我們趿著拖鞋，只有星星離離落落照在涼涼的路上。

我記得我選了小泡芙，裝在兩小盆的塑膠包裝裡，奶油內餡，沒多久就吃完了。阿爸想再多買一包科學麵給我。若是其他時候，我會拒絕、生氣，甚至討厭阿爸。那天晚上我接受了，把滿懷抱的零嘴放上結帳櫃檯刷條碼。

一直以來，我都不能理解阿爸，我也不能理解他為什麼把自己搞成這樣，一個人在天花板有水漬的地區醫院病房內，不會有人每日來看顧他，醫師交代他不要下床他還是堅持拋拋走，到醫院門口去抽菸。

最令我感到憤怒的，是那個晚上，阿爸把他的錢，準確來講是他和我共有的錢，全都花在一疊刮刮樂上頭，換來一堆銀白碎屑和紙板。我倒想問他記不記得這件事。

我把被子拉到阿爸的脖子上，他揮了揮手。天氣熱，他說。

到現在，他還是夢到他在家裡找那副遺失的皮夾。

「後來敢有揣到？」

「應該是無，也有可能有，我就佇厝內一直揣。」

我們老家在台南附近的鄉下，會說是鄉下，是因為只有一所國中、兩所國小，補習班沒幾家。我現在在差不多的地方教書，學生大多沿著國小旁的街道走路回家。

最後一節下課後，我總是到辦公室弄一些排課表、出考卷之類的瑣事，順便讓幾個落後的學生拉桌椅在我旁邊寫作業。我的辦公桌高了他們一顆頭，抬起雙眼就能看見他們的筆是不是有在動。班長阿浩是常客，他是聰明的孩子，但就是懶惰，有時罰寫會故意少寫一兩遍。他還會挑在換頁的地方偷工減料，以免我一眼比對字行的長度，就發現他的詭計。

搞定了之後，我才收拾皮包，慢慢走路回到租屋處。

就算我延遲下班，那條通學路上還是有許多學生。我得逐一應付他們，笑著對他們說趕快回家去吧。遇上家長，才是真的麻煩，半個小時很快就會投進水溝裡了。

我盡量遠離補習班門口，減少不期而遇。街道上的人家會在自宅前架個燈箱，黃昏時分亮起紅的黃的顏色，投射出文理補習班、珠算班、超前進度班。有些離學校實在太近了，孩子上了中年級，家長便讓他們自己走路過去，少了一次接送。孩子成群結伴，占了一道馬路，雞蛋糕、烤香腸的攤車在電火柱下等著他們。盡頭的轉角總是停著發財車，叫賣著炊土豆、土窯雞、四物仔雞。

從前放學的街道和現在差不了多少，路上是那麼充滿生氣。我印象中的放學路上也有不少補習班，但我從來沒進去過任何一間。儘管有不少選擇，不乏口碑好紅單漂亮的文理補習班，阿母從來沒有考慮它們。誰都知道那些文理補習班的老師是外地考不上正式教師、念了個數學系找不到工作的人，或是只想賺大錢的。他們回來家鄉占用爸母老家，找了幾張學校淘汰掉的課桌椅，就把燈箱架設到路口上去了。

如果參加那裡的補習班，阿母就不用叫阿爸來載我了。我們家就在那樣的通學路盡頭，離國小只有三個街區。那是棟兩層樓的矮透天，我自小就住在那裡，阿母說就是看離學校近，才選在這裡的。其實村子就這樣小，也沒什麼地方真正離學校太遠。

阿母剛嫁給阿爸時，是住在阿公阿嬤家，阿母堅持有囝仔以後就愛搬出來住。阿爸時常說我肖狗又是農曆二月生，是父母的貴人，狗來富帶財運。當年阿母懷了我，他的螺絲工廠就接了一大筆國外的訂單，他用那筆訂單賺來的錢付了我們家房子的頭期款。

阿母卻說，房子是她催阿爸買的，如果沒有整日念他，他早就不知道把錢擘（khian）[2]去佗位去矣。

那棟房子離阿公阿嬤家也才一條街，這樣的距離對阿母來說不算太近，對我來說不算太遠。我時常散步到那裡看電視，穿著阿公送我的緞帶鞋回去。在阿公家我才能當小公

2 投擲、扔。

主，一進門他就會問我要不要吃糖喝飲料。

阿母有時會騎機車到阿公家門口，進來說，「爸，我去買菜順路，就來接囝仔轉去。」我知道阿母也就只能這樣了。我仍可以賴在阿公家多貪十分鐘的卡通以示抗議，或跟阿公多要一罐飲料帶走。一回到家，阿母便把我手上的飲料奪去，說是要冰起來。她一路碎念，囝仔人毋通這愛啉飲料食四秀仔，走進門前，順手將門廊上的掃帚排好。這些掃帚也聽令於她。阿母為了自己排掃帚和這樣的距離繳了三十年房貸。

有自己的房子還是比較好，無論阿母阿爸都比較自在。即使家裡有我和妹妹，阿爸也是穿著一條白內褲滿屋子走。吃飯時，他敞開腿毛濃密的一雙腳，跟著《飛龍在天》的片頭曲大聲唱，唱到高潮時十之八九會破音，惹得我咯咯大笑。

阿爸的襪子總是在地上，衣服丟在進門的衣架，長褲掛在客廳的藤椅上。阿母在炒菜煎魚的空檔會穿圍裙走進客廳，到藤椅上去把長褲拎起來，讓它垂著若有若無的雙腳，從褲子後面的口袋抽出阿爸的寶貝皮夾。

阿爸相信皮夾和人一樣是活生生的。用久了之後氣數散盡，財氣會跟著消散，因此每一年都要換個新的。阿爸的長條皮夾裡面工工整整地供奉著大鈔，不讓它們有一點褶痕。他說錢若是天天彎腰得不到舒展，就不會想住進來。他還讓每個國父頭朝上面朝前，每個蔣中正正對著他的屌葩。錢跟人一樣，你要尊敬錢，才會贏得錢的尊敬。

但有時你尊重人，只會換來人的糟蹋，阿母回應他，一邊從鼻子裡噴氣。

就算這樣，阿母還是放任他去買一個又一個貴重的錢包，錢包往往比他放的錢還要有價值。她說寧可信其有，不可信其無。

「著賊偷噢，厝邊隔壁緊來啊！阮兜咧著賊偷噢！」

母親把大鈔從阿爸的皮夾裡抽出來。他光著身子坐在客廳的小板凳上大喊，手裡還拿著半滿的大碗公。

「吵死啦！閣吵莫食飯。」阿母拿紙鈔搧他的頭。

「唉呦，還用別人的錢打人啊。賊頭大人手下留情啊。」阿爸用兩隻手腕夾著碗公，把碗公舉在頭上抵擋。碗公底下，阿爸的眼睛對我眨呀眨，妹妹努力憋住笑。

下一秒，阿爸一手托住碗公，空出一隻手去抓阿母手上的錢。

「哎呀！你好大膽啊你。」阿母是真的被嚇到了。

我憋不住，噗哧笑出來。妹妹更是笑得跳起來，看只有一條內褲的阿爸追著拿鍋鏟和鈔票的阿母。

「你這樣拿光光，我是要怎麼存錢買別墅來給你啊？」

「你啊，你買一箍肨（kiān）！一間便所也買袂起。」

「嘛留一點仔予我通找人客。若是收到一千塊，我是要怎麼辦啊？」

那時阿爸的合夥人跑路了，螺絲工廠不得不收起來，機具被銀行拿去清算。剩下來的錢阿爸拿去買了一台二手計程車，黃色的車身窩藏在我們家巷子口，才不用繳停車費。我照著車子的形狀畫了一張半寫實的卡通圖，用擦子抹去一些角落，製造反射的效果，簡直是一輛全新的。繪畫有許多掩飾效果，例如藏去不那麼平滑的車頂、刮擦的玻璃細紋，還有車子的品牌。

幾天後，我的車子躍上他的名片，他拿著到處發送，上頭還印著叫車電話和他的暱稱阿進仔。阿爸可能沒想清楚，鄉下地方哪有什麼人在叫計程車呢？更大部分的時間，他坐在家裡等電話。

「一千塊以上的攏收走，一百塊留二十張給你，按呢有夠啦。」

「萬一生理好欲按怎？有時一天就好幾組給大鈔的欸。」

「人客才無遐濟咧，人客若是濟，你就袂當佇厝裡面慢慢食飯啦。」

「真狠！」

阿爸看著我，好像希望我替他講一些話。

也因此大學時期我就到處打工，做過甜點店的服務生，也去過連鎖咖啡廳。這些店若搬到現在，大概會被貼上文青的標籤，咖啡廳的老闆告訴我，這樣穿衣服到店裡是不行的。端個盤子得穿多漂亮呢？一開始我是這樣想的。

放學之後我就是到店裡去，回宿舍念點書就又得睡覺了。父親要我每個月寄個五千元回去，我猜他拿來保養車剛好花完。阿母也要我每個月匯五千給她，但不要給阿爸。

後來我多接了幾個家教，把體力活的工作都辭掉，才空出時間做點自己的事。大多時候是窩在宿舍畫畫，可能炭筆摩擦紙紋的聲音大了一些，室友們都戴起耳機。

畢業後我在私立小學當代理導師，白天到學校上班，晚上繼續補習。我的日子就是不斷補習，從小到大都是如此。相信著只要努力就能成功，珍惜每一分每一秒能用的時間。沒有補習的時候，我就抱著課本到稍微遠一點的圖書館，那裡沒有半個我的學生，不說可能沒人看得出我是老師。

但我有個原則，就是絕對不會熬夜。熬夜念書效率差，反倒是浪費時間。除非逼不得已要改學校考卷，我才會在最後精神不濟的時候，用紅筆畫在學生歪七扭八的字上面，讓他們各式各樣奇怪的答案逗我笑。

有時我會用自己當例子鼓勵學生認真念書。我總是覺得學生太混了，尤其他們在我身上飄來飄去的眼睛，更讓我生氣。上課前我告訴他們，起先我功課也是很不好，尤其是自然和數學，總是看不懂那些蚯蚓一樣的代號。那時候我的老師，也就是你們老師的老師，只給我們買了一本參考書上課，我本來想買第二本一模一樣的，後來沒有。

後來我考試進步了二十分，我的老師以為我作弊。他翻開我的參考書，裡面的空格全是白的，認定我做了什麼偷機取巧的勾當。

但你們猜猜看，老師我真的是作弊嗎？不，我站起來跟老師的老師說，我把參考書的答案都寫在白紙上，寫完一次後，再拿另一張寫第二次。如果不把答案寫在參考書上，就有無限次可以練習的機會。

我以為這個故事可以讓學生稍微安靜下來。但機伶的班長馬上舉起手說：「如果和你一樣，我也就只能當老師而已，當老師有什麼厲害的？」

那時我氣得沒有話說。現在的我，可能會好聲好氣的告訴他，當老師的確沒什麼，在教甄的一百個人當中打敗了九十九個也沒什麼。

在我帶的班上，我總會不自覺的找出幾個和我最像的女孩。便服日她們不會穿連身有蕾絲的洋裝到學校，多半是套件T恤，下半身穿一件黑裙。她們總是輕聲細說，以至於舉手想發言時往往被我不小心忽略。但她們很認真，隔壁的男生拉她們頭髮，她們會因為學習被擾亂而大發脾氣，但也僅止於發脾氣。

相比之下，妹妹是個較外向的孩子，她總把裙子當褲子穿。

坐椅仔的時，妹妹會把雙手跨在扶手上，雙腳自然張開，毫不害臊的露出底褲。不只如此，裙子不會妨礙她奔跑，不會妨礙她跳。她時常穿我穿不下的舊裙子，在我們家門後面的沙地上跳遠，磨破衣服也才不會覺得可惜。

我們家就我和妹妹，阿爸連生兩個女的之後，本來還想繼續拚下去，卻被我媽阻止了。我和妹妹只差一歲，扣掉十個月的懷孕，算一算幾乎是接連來到世界上，真是辛苦我媽了。

阿母在我身上試驗了一些養兒育女的方法，做得成的就直接套用到妹妹身上，做失敗的我妹就不用走同樣的冤枉路。妹妹的衣服也大都是我穿過的，就連學校制服我們也交替著穿。除非真的破損了，阿母才會添新的給她。也許為了補償，阿母對她耐心許多，即使裙子褲子被她跑跑跳跳搞壞了，也不多說什麼，就帶她去買新衣服。現在想起來，阿母只是想用最少資源做最多事而已。

但以前我總以為阿母對我嚴厲，對妹妹大細心。我自然而然喜歡跟著阿爸。

阿母最頭痛我和妹妹講話就被幼稚園老師說不標準。老師，稜家不要疵茄子，牙膏都味道好湊，諸如此類的。

阿母認為女生就該好好念書當個老師，師範學校學費便宜，實習又有薪水，醫生也都愛娶老師太太。她常對我們說，以後你們要當英文老師、國文老師都可以，但要英文老師、國文老師講話講成這樣可不行。

當時候風行剪舌根，阿母看多了不知哪來的傳單、購物電台的廣告，相信韓國人許多都把舌根剪掉，讓他們英文說得比較標準，可以滑溜溜的捲舌。

她帶我們到鎮上去尋找剪舌根的方法。說是剪舌根也不太對，舌頭抬起來底下有一條筋連到下顎，精確來說是把那條舌下繫帶剪掉。

阿母問了好幾家診所，耳鼻喉科、小兒科、外科，他們都不願意為了幾千塊動這點小手術。她最終是找到一個願意幫我剪舌下繫帶的醫師，是個牙醫師。他是管牙齒的，我懷疑他到底能不能管到嘴巴的其他部位來。儘管我害怕又擔心，卻沒有明確表示抗議。阿母為了安撫我，當天讓我穿了一件有 **Hello Kitty** 圖案的新洋裝，帶妹妹陪我，走進省公路旁昏暗的診所。躺到治療椅上的那一刻，我嘴唇發麻、腦子腫脹起來，只好一直看著肚子上的 **Hello Kitty**。

牙醫師把整排的鑽頭、骨銼、鑿子、探針擺在金屬盤上，端詳要用哪個對我下手。每次換器械時，他總是不疾不徐的挑選。那項手術花的時間實在太長了，我在治療椅上落枕，有好幾天都無法轉動脖子。

我和我的舌下繫帶告別後，因為疼痛而更不能把話講標準了。為此我把冰塊敷在下巴敷了一個禮拜之久，阿爸笑我和布袋戲裡的秦假仙一樣，我妹也跟著阿爸取笑。

後來我講話還是同個樣子。還好我們家沒人懂法律，不然我們可能就告那名醫師了。歷經了這段嘗試，我們還是有所收穫，證明這項方法無效，讓妹妹逃過被剪舌頭的命運。

等到接近學齡，阿母決定把我送到附近的鎮上去補習，如果成效好，我妹也會要跟著送過去。從那時起我就不斷補習，也沒想過脫離學校那麼久，要找工作當個老師，也仍然要補習。

雖然補習班是阿母幫我報名的，但這一切要怪到我爸頭上。那陣子《國語日報》正時行，阿爸的國中同學在鎮上和國語日報合作，投資了一間掛著日報社名義的補習班，開設了正音班、書法班、作文班。我們班上幾乎一半的人都有訂《國語日報》，不難想像《國語日報》補習班很快的引起家長們注意。當那紅色書法字招牌一架設好，附近幾個村的人都載著孩子來排隊報名。阿爸那個國中同學因為這樣變成了好額人，他十分後悔沒有及時加入這項投資，錯失良機。

至於那和真正的《國語日報》有沒有關係，就沒有人知道了。可以確定的是，這幾個字真的很好用。學校老師也推薦讓我們閱讀，每個禮拜在布告欄貼上《國語日報》的作文。班上有個總是梳髮髻、長得像中國娃娃的小莉同學，她的投稿就曾被刊登在《國語日報》上。老師把它貼在布告欄上，直到學期結束都沒有撤掉，上課時還會特別提起，報紙刊登出來寫著竹村國小呦。

當時我想，如果有一天當上老師，我要在布告欄上貼滿腦筋急轉彎和冷笑話，而不是某個特定同學的文章。

在教師甄試口考，我沒有說從小就是孩子王喜歡群體相處，也沒有說要讓每個孩子都受到期待這類的話。我從踢罐子這個遊戲開始說起，零零落落的提到父親之後的事，他是如何醉茫茫的躺在沙發上，他的啤酒瓶如何成為我和妹妹的玩具。因此我懂得教育的重要性，懂得和不那麼典型的家長周旋。說著說著，我有些許哽咽，但沒有哭。我想過，在面試時哭出來負面效果較大，所以到這裡為止就好了。

等我走出面試的辦公室，我就馬上收斂起眼睛。也許會有競爭者說我採取同情攻勢，勝之不武。我很清楚這是我最好的武器，而且有用。

我沒有多餘力氣去替那些被我擠掉的人想，思考他們去做了一些什麼，又或者當中有沒有比我更適合當老師的人。總之我通過重重關卡，其他人可能轉去考公務員，進到服務業，或者又重念一年書如此重複直到考上為止。他們會找到自己生活的方式，就像我爸工廠倒閉之後，也自然而然找到開計程車這口飯。

該發的名片都發完了，阿爸坐在家裡等人叫車。即使只是在藤椅上轉電視頻道，阿爸也說他是在工作。阿母看不下去，拿空罐子丟他，要是我我也會看不下去。

閣啉，閣啉，若是有人欲坐愛駛車，你是欲按怎？阿母對著他大罵。

我趁著她大罵的時候，從阿爸的腳邊偷拿空鐵罐。那時候，我就喜歡塗鴉，我用彩色筆把台啤的罐子畫成可口可樂、七喜一些我愛喝的飲料，也會畫成小熊。我把這些作品立好，面轉向同一側，列成書桌前的衛兵。

直到阿爸受不了阿母踅踅念，便乾脆不待在家。他整天開著車在外面找客人，而我是最常搭他車的客人。從我家裡到補習班，需要經過工業區和三座加油站，開車需要十五分鐘，沒有公車火車可以搭。我總坐他的車到鎮上的補習班。

從那時起，我才發現阿爸的車上有個放零錢的矸仔。每當他去買菸、買報紙、買糖果飲料給我，只要有找零，他就直接丟進那個矸仔裡面。那是個壓克力的透明八角罐，阿爸把紅色蓋子也留了下來，每要丟錢進去就得先旋開紅蓋子。

阿爸吃藥的習慣很差，從中藥行或國術館回來以後，只是把狗皮藥膏貼一貼，蔘片或藥粉就零零散散的吃。還沒吃完，他就先將裡頭的藥材拿起來，洗一洗藥矸仔，晾乾存放在副駕駛座的儲物箱。

這只是我在補習路上發現的新事物之一，補習比起待在家有趣許多。平日放學，阿母會把我叫到廚房。她覺得女生就是要會煮菜，所以我必須每天每天端坐在塑膠板凳上看她做飯。她相信做菜和讀經背古文一樣，耳濡目染自然就會了。她同時利用這段時間盯我的作業，或在煎魚的空檔簽聯絡簿。大部分的時候，她要我在一旁背課文或是念九九乘法表，她一邊做飯一邊聽。

我討厭油煙味，總是想要跑，阿母便認為我不愛學習，出力捻我的手曲，將我掠轉去灶跤。我禁著氣，眼角含淚從二二得四念到七七四十九，念到九九八十一。

如果那天有補習，放學後我根本沒時間在家吃晚餐，理所當然的避開回家這道麻煩的手續。走出學校圍牆，我直接坐上阿爸的車，就上路往鎮上去。阿爸很紳士的下車幫我開車門，對我說小姐請上車。再快步走回駕駛座，把他的肚子塞到方向盤下面。他假意問我，人客你要去叨位？載我去夏威夷啦，我說。

開出村子之後，我們沿幹道一路直直行。路的兩旁沒有什麼店面或建物，就架設著一列梯形的水泥路障，避免超速的車子掉到水溝或是廢棄的田地裡去。

欸，不要吹冷氣了。我跟阿爸說，我們把窗戶打開。

阿妹仔，按呢你頭毛會亂去，等一下補習就不好看囉。

把窗戶打開嘛，我繼續央求。

誰不喜歡吹冷氣呢？如果不是阿母這樣告訴我，我也不會跟阿爸提出要求。被強迫待在廚房的某一天，阿母做完飯，用鏟子把鼎內面的最後一點蕹菜的葉仔和湯汁都鏟進盤子裡，隨即把窗戶都關上。我馬上大叫油煙味很臭，要阿母把窗戶都打開。但阿母沒有在聽，用力的在生鏽的窗軌上推著鋁窗。

她把頭上的橡皮筋解下來，束在一包低筋麵粉的開口上。阿母力氣不大，拆包裝的缺口總是不規則的。她用橡皮筋來回繞了三圈，把容易受潮的低筋麵粉束緊，順手就把它歸到白鐵仔櫥櫃內。一切都就緒後，她仍還沒準備好跟我說話。

解下橡皮筋，阿母的長髮落到了腰際，當中有一些銀色的髮絲。我一直夢想著和阿母一樣擁有緞帶般的長髮，轉身時會隨風飛起來。出社會後，我才知道擁有長髮的願望多麼不切實際，夏天會熱死自己，冬天吃個麵喝個熱湯也會沾到。

儘管有和她那時年紀不相稱的銀色髮絲，她光滑而凸起的顴骨使得她一直都看起來很有精神。阿母穿起圍裙時，身體被捲成長長一弧蘆葦的樣子，看她在廚房忙東忙西很是好看。我在阿爸的病床頭發現一張阿母的照片，就是那段時間拍的，但我記憶中的阿母比照片中的她看起來年輕多了。

她解下圍裙，拉了一張餐桌椅，坐著和我站著差不多高。

妹仔，阿爸的公司收了，可是阿爸又很愛花錢，你幫阿母顧著他。

我點點頭，阿母把一信封袋交到我手上，裡面是我的補習費。

幫你爸多省點錢！他的錢就是你的錢，也是我們的錢。

我點點頭。這樣節儉的習慣伴隨了我幾十年，內化到連自己也意識不到。我很少給自己買衣服，上餐廳吃飯也不如路邊攤開心，花銅板買零嘴也會厭惡自己。對自己太好是一種罪過，那會侵蝕明日的幸福。

夏天坐在車子，不吹冷氣吹風也很舒服，不是嗎？我跟阿爸講。

我把車窗搖下來，風直接從外頭灌進來，車子像顆海邊的貝殼嗡嗡響。當你把貝殼靠在耳朵旁，那樣的聲音聽起來很舒服，但是當你坐在貝殼裡面，耳膜的壓力會讓你喘不過氣來。

經過水泥路障的時候，那嗡嗡的音調會升高，變成咻咻咻的聲音。我趴在車窗邊緣，看著食品工廠、汽車修配場、二手車廠，還有許多不知道在做什麼的鐵皮屋。裡頭烏漆嘛黑，我非常好奇裡頭是什麼。阿母說，如果我沒有好好念書去當個老師，也許我的丈夫就會是那些地方的員工。

在我和阿爸背後的青青的田野上，站著電塔、自來水塔、電線桿，我把那些地方想成城堡，我真想住在裡頭看看。我一邊看風景，一邊習慣低頻的噪音。水泥路障間隔固定，咻咻聲的節奏也是，固定的事物總是讓人安心。

阿爸開車的脾性實在不好，很少踩煞車。風景看著看著，有時我覺得害怕起來，開這麼快如果我掉出車窗外怎麼辦。我故意大叫，唉呦，那邊有警察！阿爸哈哈大笑，絲毫沒有要慢下來的意思。

我大喊，警察啊，有人超速噢。阿爸說好啊，你這個查某囝，竟然出賣自己的阿爸跟警察通風報信。

多年以後，阿母沿那條路搬到鎮上去住。我只能騎機車，沿那條路去找阿母。一路上風把頭髮往我自己臉上吹，甩在臉上像針扎一樣刺痛。

車到了鎮上，阿爸從中藥矸中拿出一些零錢來數。數完後，他會決定要帶我到速食店，還是去吃麵攤。我非常期待補習前的晚餐，不像阿母煮的飯菜那麼單調。他總提供我許多選擇讓我挑，我總是選最便宜的那間。

我進教室後，他就在鎮上開車晃晃，順便招攬生意，等到下課再來載我。我從來沒有確切知道這段時間他去了哪裡，他也許到鎮上的車站去排班，或到醫院門口去等人客，不過我始終沒有看到中藥矸仔隨著日子滿起來。

在補習班我還認識了一個好夥伴，我都叫她愛麗絲。我不知道為什麼喊個愛、勇氣、希望就可以變身了，是她傳授給我這方面的知識。我把這些東西當做口訣來背，例如霹靂卡霹靂拉拉波波麗納貝貝魯多。現在的學生會喊什麼，我不知道。但當他們喊的時候，我不會阻止他們。

說真的，在我的經驗裡學校很少比補習班好玩，不知道現在的孩子會不會這樣覺得，我努力讓我的課不要這樣。但我總想保留一些自己的時間，累積自己的作品。我收到第一個月的月俸，就買了一台手寫版，下班畫一些插畫，慢慢把手感抓回來。

補習班的講義上充滿我的素描，我總想用筆把看到的東西變形、捕捉下來。正音班的老師是個有鬍渣的胖大叔，背個斜背包來上課，坐在狹小的鐵椅上。我把他屁股溢出椅板的樣子畫了下來，下課時傳給愛麗絲，她便要我多畫一點。

後來我才知道，我報名的正音班是都市大補習班的仿冒品。到底要怎樣才能讓我們每個人都發出電視節目每日一詞豔秋姊姊一樣的聲音呢？我們每天學習一兩個符號的用法和咬字，但注音符號也才三十七個，正音班卻要上一個學期。胖大叔會想許多笑話，聊他吃了什麼美食來打發時間，偶爾也帶我們念唐詩宋詞。

一天他突然說，同學來，老師用台語念詩給你們聽，便白日依山盡，黃河入海流這樣的念下去了。

下課後，愛麗絲跟在我屁股後面走下樓，怪腔怪調的學老師用台語念詩。那時我藉口下課時間補習班門口很塞，會交通大亂，叫阿爸把車停遠一點，我自己走過去就好。但阿爸總是老早就卡好補習班門口的黃金地段。看到阿爸的車後，我趕緊跟愛麗絲說掰掰。

「你每天坐計程車來補習？真是有錢啊。」她問。

「沒辦法，我媽太忙，沒空來載我。」

「我真同情你。」

「大人嘛，忙他們的事情。」

要有錢怎麼會比愛麗絲家有錢，在我上大學前，她一直是我想像有錢人生活的樣板。

她總是穿著最新的卡通洋裝，也不顧什麼淑女不淑女，她掀起裙底的標籤給我看，這是正版的呦！雷射貼紙在底下閃著彩虹色的光。

往後前往補習的路上，我會叫阿爸多買兩罐飲料，一罐等會喝，一罐說是要在上課中喝的。阿爸很開心我終於會花錢給自己享受了，他從矸仔裡面拿幾個銅板，走進超市。我把兩罐都帶進教室，只留一罐給自己。愛麗絲開公司的爸爸不准她喝這種東西。只要兩罐流著汗的寶特瓶擺在桌上，就足以讓我們被全班羨慕。

一次有個男孩站在我們補習班的長桌子前，對我們看了很久。我跟愛麗絲開玩笑說，他是不是喜歡你。矮額，他是喜歡你吧？她回應。我們就這樣來來去去說同樣的話，也搞得那個男孩不敢說話了。他站在那邊拉自己的衣角，把原本鼻子就太長的盜版史努比拉得更長，更不像一隻史努比。

「可以借我喝一口嗎？」那個男孩終於對我們開口說話。

我和愛麗絲互相看對方，他沒說是要喝我的飲料，還是小愛的。最後是我先說了。

「借你，你會還嗎？」

他在我們的笑聲之中跑走了。

一陣子台幣在換造型，背後多了帝雉、棒球隊和小朋友，正面的國父蔣中正也不再結屎面，學會和一般人一樣微笑。在那之前，五十元也從紙鈔換成硬幣。這讓阿爸樂了好一陣子。原本塞在皮夾裡得上繳阿母統一管理的五十元，變成可以投在矸仔裡面的自由身。他好像中了大家樂要發財一樣，開心了幾天。

阿母也沒有應變的管制措施，就讓阿爸自己存私敧錢。但其他方面仍不鬆手，一如既往親手把補習費放在信封袋交給我。有時阿爸跑過來問我，阿母是不是有給你補習的錢？最好的狀況是阿母還沒給我，我自然可以斷然跟他說沒有。我不擅於對阿爸說謊，阿母若給了，他便會叫我把錢拿給他看看。

我當然說不要，你不能拿。

他仍然把袋子搶了過去，把錢從袋子裡面掏出來，用手指沾口水點數數目。大部分的時候，他會再把鈔票平整放回信封袋，最後聞聞自己手上的味道，像捨不得炸雞吸吮指頭的孩子。

妹仔，你在想什麼，以為你爸會偷拿你的錢嗎？我保護它都來不及了。

他說信封袋這樣裝錢太危險，鈔票從裡頭滑出來飄落在地都不知道，要幫我動些手腳排解這樣的狀況。

在補習班櫃檯前，繳費的隊伍排成一列，大多是小朋友。一方面是家長懶得停車，一方面讓孩子顯得自己需要想要補習。班主任是個燙大鬈髮的大媽，她嗓門很大，不停招呼外面等孩子下課的爸媽進來裡頭坐，有機會就跑到外面去和家長聊聊學習狀況，順便推銷新一季的課程。

我把信封袋交給了班主任。她抬起頭看看我，慢慢吐出一句：「真是天才啊！」一時間我反應不過來，伸長脖子探看信封袋和她手裡的鈔票，看起來和別人的錢沒什麼不一樣。

「竟然把錢釘在一起。」她說。

「那要不要我把錢拿回家，下禮拜再交補習費？」

「不用不用，」班主任捏著釘書機的屁股，對著那一疊錢吹氣，小心翼翼的勾起訂書針，「這樣就可以了。」

班主任跟我揮手，愛麗絲也跟我說掰掰，我跟大家說再見。儘管補習班九點半就下課了，我和阿爸仍是小鎮上最後一批活動的人。回家路上，只有我們的車子在路上奔馳。阿爸用他的壞脾氣在沒有路燈的鄉間疾走，有時還會連闖幾個紅燈。後來我妹妹也加入乘車的行列，但我總想起只有我和阿爸的車子，車子裡廉價薰衣草香氛的味道，掛在冷氣出口旋轉的風扇，還有排檔桿後面那瓶裝滿零錢的藥罐。

我搭著車越走越遠，阿爸、阿母、補習班、罐子裡的五十元硬幣，他們通通都讓我遠離家裡。遵照考試的分配，去上大學、去拿教師證、去另一個地方工作。原本的那個地方，只剩下阿爸還在。我和妹妹都長大之後，阿母決定和他分開。然而到頭來我發現自己只是在另一個差不多的鄉間，一個不同版本的原點。

通過教甄確定錄取後，我在學校旁邊租透天厝當中的一整層樓。這裡還不夠偏遠到學校有宿舍讓教師短暫居住。鄉下的房租不貴，坪數也大，兩間房、一間衛浴，放完我的家當還有大片空間，使我考慮要不要添購衣櫥，繳完厝稅生活費還夠。想了幾個月仍然沒有買額外的家具，也沒有把錢存起來，換來整個房間的圖稿和畫冊。我時常不知道自己在做的事有沒有用，但只是一直畫下去就是了。

這麼大的房子就是可怕了點，三更半暝吹狗螺是平常的事，也常有不知名的電話鈴聲在空曠的屋子裡回響。

這裡的人沒什麼搬家的經驗，總覺得人就是一輩子住在某幢固定的房子裡。房東租給我之後沒有換市話號碼，晚上總會有人打來要找他。也常有猴死囝仔打來惡作劇，接聽之後便什麼話也不說。

聽了幾次電話之後，我索性一概不接。反正沒有人知道我在這裡的電話，我只把號碼留給學校的表格。

後來手機也響起沒有撥話者的來電。那是在最後一堂課的課堂上，當皮包裡響起悶悶的手機鈴聲時，學生們馬上躁動起來。我竟然忘記關上靜音，實在有失做為教師的專業。

我打開皮包將它掛斷，但不久後又來了一通，同學更加嘈雜，班長也站了起來。

我怕接連打來有什麼急事，便轉身向同學宣告，不好意思，老師接個電話，便走到教室外的走廊去。

很長一段時間我沒聽過這個聲音，過去的種種記憶一下子追過來，走閃袂離。我不是在講台上害怕被學生討厭，要求學生從無聊中學習的老師，不是下班時間養著自己興趣期待有一天能有什麼累積的普通教員。我又變成班上那些小女孩的其中一個，害怕便服日被識破，儘管根本很少人會注意到我。又變成坐在阿爸車裡，看他一點一點讓藥罐空掉，但什麼也不能做的女孩。

阿妹仔，他說，我今嘛佇病院，好佳哉褲袋仔內有零星錢。

叩隆，他在那端又投下一個五塊錢。我知道那是五塊，因為那是段五塊錢的時間。他向我說醫生念他又喝酒了，再這樣下去乾脆不要醫你，每次來都是同樣的問題，按呢趁錢來予我開有啥物意思。你知道嗎？那醫生看起來也剛畢業而已，就這呢囂俳，穿白衫若囝仔裝大人，豬囝假豬公。

阿妹仔，我身上只有這些了，就先講這樣，你啊敢有食飽穿飽？有這樣就好。

等一咧，等一咧。我在不到一秒之內連說了兩次等一下。

反正醫生講袂使食物件，也無需要有人……

叮的一聲，我的手機跳回首頁。已經很久，我沒有聽過嘟、嘟、嘟那樣令人安心的空響了。我猜想，在阿爸那邊的公共電話，此刻正重複著這樣的聲音。

阿爸還是戒不掉，這不怎麼讓人意外就是了。以前我總搞不清楚他為什麼那麼愛喝，大家總說喝酒的人是要借酒澆愁。但他看見我總是帶著微笑。

那樣的父親竟然可以在口袋裡面找到銀角仔。也許他根本沒有預留零錢，只是像某個網紅衣服洗一洗才發現口袋裡有銅板的吧。

掛上電話後，我先是打給妹妹，跟她說阿爸又住院了。

阿爸有沒有打給你？

沒有，她說。

若是家裡有事，通常都是妹妹先知道。她不像我到外縣市的地方去念大學，而是一直在家裡幫忙，母女倆合開了一攤鹹酥雞。儘管較常被抓到廚房裡看的是我，學到阿母廚藝的卻是妹妹，阿母時常得意的說有她在生意總比較好。她們平日晚上到市場的轉角賣，假日跟著夜市跑。

一直到後來阿母受不了阿爸，存了一筆錢到鎮上去租房子，妹妹才搬出來和當時的男友住。

你知道一下，這次我會解決的。我跟她說。但我沒什麼資格跟她掛保證，說得好像我幫了什麼大忙。

前幾次都是妹妹通知我阿爸住院。碰上面試、段考，回過神來就出院了，沒真正碰上一面。

不然就是我拎著水果禮盒過去坐一個下午，好像阿爸是久未謀面不得不來打聲招呼的遠親。頭幾次進到醫院的病室，我還不敢大聲說話。他躺在繡滿醫院標誌的床上，把雙手枕在後腦杓對天花板發呆。床頭櫃上是空的，衣櫃裡也沒什麼衣架。他好像一個進來閒逛，看到床就躺上去試睡的遊客。

我問他幾天沒吃飯了，他答三天。我差點脫口罵出恁婆咧。

別緊張，別緊張，是醫生囑咐的。阿爸的嘴角因為太常誇張的大笑，出現書頁摺疊一般的細紋。

他說喝酒容易這樣，會讓他肚子痛，艱苦甲欲反過去。這是身體在告訴他，不能再喝啦。住院兩三天，不吃不喝打打點滴，就會沒事了。

即使生病，他還是死性不改，問護理師幾歲、家住哪裡、有沒有男朋友。我叫他別這樣，他說住院無聊啊，他也會假意跟護士提起「阮查某囝是老師欸！」，弄得我不知道該怎麼回應。

無聊到了後頭，他重新想自己的人生，越想就越急著要出院，想去找點工作做。於是我便會接到醫院的通知：「您的父親沒有經過醫師同意就自行出院了。」

「那是什麼意思？」

「簡單來說就是逃跑了。」

但這一次，我無論如何都想找到父親住的病院。我上網搜尋家鄉鄰近市鎮有哪幾家院所，逐一打去問，你們醫院有沒有住林××這個人？

護士在電話一頭總是不那麼友善。小姐，你是他的什麼人，我們醫院不能這樣查病人。我們工作這麼多，為什麼不打手機去問您的親人？

偶爾還是會有護士輕聲細語跟我說話，也許是迫於醫院的規定，不得不裝做客服的腔調，柔軟的吐出，「請稍候一下，我們正在幫你查詢。」

那是我在學校工作的最後一段時間了。辦公室隔壁的英文老師問我為什麼好不容易考進來，做得好好的，現在又要辭職。近幾年教職多難考，怎麼不好好珍惜？

有幾個老師認為我離職的真正原因是和他們處不來，反反覆覆問我有沒有受到什麼委屈。校長希望我留職停薪，他會給我放特休假，把職場上的問題解決，再讓我回去。

老實說，我並沒有十足把握接下來能夠順利。我累積了一些作品，寄給幾家創作為主的學校。之後不會有考試，不會有認證，得和一群認為自己與眾不同的藝術家競爭。他們不會因為數字而尊敬你，你得透露出一股要一直待在這個領域的氣勢，並實際畫出點什麼。

當我跟導生班說，老師下學期就不教你們了。不是老師不喜歡你們，也不是你們表現的不好，而是老師有想做的事。到時候會有另外一個老師帶你們，你們會和他相處得很好的。

平時話最多最愛頂嘴的班長在位置上哭了，啜泣越來越大聲後，全班哭成一團。等到他們都安靜下來，我們仍繼續講解三角形，他們再也沒有比那堂課更認真的時候了。但從頭到尾我都沒有哭。

阿爸這次住在一家宗教背景的小醫院，打電話給我的人還問我需不需要和院牧部報備，他們會對他有多一些的靈性關懷。我好意的拒絕了，阿爸對修女和尼姑一律有嚴重的偏見。

因為下班太晚，我買了一碗麵線羹到醫院去。麵線羹是給我自己的，阿爸想必又被禁食了。醫院只有一棟水泥灰的舊建築，門口立著一尊聖母雕像。病房在三樓，窗戶外面可以看到幾個孩子在球場打球。讓病人看健康的人類靈活快樂的活動著，也許能激勵他們的意志，也可能是一種折磨。

阿爸看起來沒有變，穿著寬鬆的西裝黑褲躺在床上。那條黑長褲讓他看起來好像待會要去談一筆大生意。他在床上盤腿看報紙，一邊的屁股口袋露出皮夾。

「叫你莫來看我，你抑是來矣。」

「若無你敲電話予我欲創啥？我當然來看你一下啊，來看一下大頭家。」

我撐著厚重的病房門板，避免讓它在闔上時發出巨響。

「什麼時候這麼會說話。」他拍著病床笑了起來。

「我在這裡吃晚飯一下。」我打開紙盒的塑膠蓋。

「好啊，香死你老爸，枵（iau）死你老爸。」

他把報紙收了起來，並讓我用廣告頁墊在紙盒下面。一開始我要他別弄髒自己的報紙，他講無要緊，都已經看完的了。

「來陪你老爸聊一些什麼吧！」

我們還能講些什麼，已經有六七年沒有這樣坐在一起了。他仍認為老師和幾十年前他念書時那麼好當，打打學生背誦課文就好了。我把醫院的沙發椅拉開成一條躺椅，靠著我的麵羹坐著，才不至於擋到他伸勼（tshun-kiu）。

我們只能像測驗彼此記憶力一樣，斷斷續續提起過去的事，並訝異對方都還記得。

他問起地震那天晚上，他因為找不到皮夾一直沒有去睡，便帶我去超商買了洋芋片的事。我更正他，不是洋芋片是科學麵，後來我們還坐在外頭，他讓我伸出手來，把科學麵倒在我手心。

護士打斷他，過來幫他把點滴關上，順便遞給我一條陪病的枕頭棉被。

「這就是我說那個做老師的女兒。」

護士抬頭看了我一下，並沒有隨他起舞。

我把手罩在他耳邊，「這學期教完，我就不當老師了。」

「啥物啊？」

「就是我想要去做點別的事，一直超鐘點實在太累了。可能去外面教教補習，同時準備考設計相關的研究所。」

他當然和許多其他人一樣，勸誡我好不容易有了穩定的飯碗，不要輕易放掉，並且一說就停不下來。

「你記得以前你載我去補習，省道邊的超市前頭有一個坐輪椅的，在那邊賣彩券嗎？」

這下換我考他了。我們多久沒有說超市了，現在我們改說全聯、愛買、家樂福。

開車回家裡偶爾接近十點半了，他給阿母的理由是，今仔日補習班較晚下課。其實我們到超市吃冰淇淋去。在我捨不得太快吃完，又怕融化而一點一點舔掉甜筒時，他翻著限拿一份的免費求職報紙，在黑黑方方的格子裡面繞。吃完後，我總會想，我又把我的未來給吃掉了。

「哈哈，偷偷跟你講，有時載到客人我會故意繞那邊的路走。」

「猜也猜得到，你去那邊偷買彩券。」

「不愧是我查某囝。」

「你還拉我下水，讓我當共犯。」

「有嗎？」

「有啊，贏得的那筆錢我本來想買幾本書，或是多報名一堂課。」

一次車子行經超市，我以為阿爸只是要像往常一樣去買吃的。他卻把矸仔裡的零錢全都倒出來，撒在儀表板的凹槽裡。他用肥大的手指分類，將五元、十元疊成一疊，還有他最愛的五十元，數完足足有一千塊。

他急忙甩上車門，走下車子，把我丟在副駕駛座。

我聽著廣播上的廣告，從眼鏡講到家具行、汽車借款，裡面的人總是過分開心，扯著喉嚨大喊來來來，買東西啊當咧俗。

我重複聽同個廣告好幾遍，阿爸才回到車上來。

「妹仔，我知影你好運，你會予阿爸好運。」他手發抖著伸進矸仔的底部，拳頭卡在那裡一動也不動。他要我等等，馬上就好了。

拳頭拔出來時啵的一聲。他要我把手掌攤開，罐子裡僅存的十元硬幣便落到我手上。

「妹仔，交予你啊！」

他遞上一小本刮刮樂彩券，上面有金魚、元寶，也有財神爺爺在發笑。

「等一咧換我試看覓。」

「爸，不要啦！」

「來妹仔，你來刮。」

「不要，我不要刮這種東西。」

但我還是拿著硬幣，硬著頭皮把銀漆一點一點裂解成粉末。撇開中不中獎，我慢慢發現刮東西本身就有一種快感，捏硬幣的手心出了許多汗，硬幣就要抓不住了。

車子內爆出他的掌聲，拇指下兩塊肥厚的肌肉拍在一起。

「妹仔，我就知，我就知你好福氣。是五千箍諾，五千箍……」

「莫共你阿母講，知無？」

阿爸又打開車門。

「你要去幹嘛？」

「閣去買一張啦！」

「不要啦，你又要叫我刮，如果我沒刮中要怎麼辦？」

「無著獎阿爸袂怪你啦。而且你福星呢，莫講這款話，呸呸呸！」

「福星講，毋通閣買矣。」

「就這句話無聽著。」

他對我扮了鬼臉，再次把我放在沒有熄火的車上，連跑帶跳的到彩券行。他對著輪椅上戴毛帽的人說了一些話。一開始那人搖了搖頭，拒絕他的樣子。後來阿爸還是抱著一疊彩券回到車上。

大概有二三十張吧。阿爸自己拿著硬幣，也叫我拿著硬幣，靠在車子的儀表板上。他說我們來比賽，看誰在時間內可以把這些刮刮樂刮完，看誰刮到最多錢。

我感染了這種興奮的情緒，拚命來回移動我的手腕。漸漸的，我察覺到不太對，我們得到的只是一堆廢紙和漂亮的印花。不過也不是全都沒中，還是有好幾張贏了兩百塊。

我說我不要再刮了，甚至有些想哭。但阿爸仍然走下車，把那幾張中了兩百塊的彩券拿去換新的彩券。

阿爸沒有多說什麼，在床上聽我把事情講完。很意外的是，在我述說的過程，我發覺阿爸不那麼難以理解了。睡前，我幫他把尿壺拿到他手邊可以摸到的地方。也許是白天沒有人扶他下床，他一個人四處走動走得累了，便很快睡著。

從陪病椅上，我猶原看見阿爸在烏暗病室內的呼吸起伏，他抱著棉被把身體縮成一團。病房的窗戶開得低低的，只剩整齊的路燈，光線連成一條直線，我像躺在一輛巨大的車子裡，往外看到的只是一個又一個經過的剪影。我在駕駛座的位置，阿爸像後座睡著了的孩子。我想我也很快就能入睡。

好多年前那天晚上的回家路上，阿爸的罐子輕了，罐子行過減速丘時跳起來，發出叩嚨的空響。

# 鬧魚仔

我以前住在一個靠海的庄仔，那裡有一片凹落去的沙洲，一些高蹺、燕鷗、白鷺在那裡踮腳走路。海漲的時候沙洲變成一個囊袋，水中只露出蚵仔架頂端的竹椿。我總幻想有海盜盤據在那裡，凱旋歸來時將船綁在一個一個竹樁上。

一條縣道直直往海邊去，沿路有一些油菜花田、廢棄甘蔗園、回收場、護衛路肩的椰子樹，也有許多龍眼樹。路到了就要衝入海底之前轉了一個大彎，貼著堤防，描繪水陸交接的輪廓，切開了幻想的港口。抉少人駛車落海，阿爸叫我不要離那裡太近。我總以為阿爸要警告我的，是浪花和地勢的可怕。

夏天傍晚騎在那條路上，不需要踩踏板也能一直滑下去，沿路撲來帶鹹味的風，偶有幾陣燒稻草和廢五金的惡臭。在某一株我最熟識的龍眼仔樹背後有一條小路，自那裡轉進去，有一大片被天神切碎落在地上的海。

別人問我從哪裡來，我很喜歡說：「我原本是住竹滬……就是一個漁村。」但我根本沒上過漁船，也不會在港口等人回來。自從上台北念書工作，我便很少回去，車錢實在不便宜。我帶刺青男回家見父母的時候他說：「我以為你們住在水中間。」

那時我和我媽、我爸的確住在那片碎落的海的中央。龍眼仔樹背後的柏油到達我們的厝，再下去就是石頭路了。原本是沒有厝的。阿爸說他將魚窟仔挖深的時鏟出不少土來，那些土被送去隔壁庄的煙囪管燒成磚仔，磚仔砌一砌就成我們的住處。

四四方方，正廳廚房連在一起，兩邊各一間房間，外加一座囤飼料的倉庫在後尾。從這些磚頭的數量就能看出我們的塭仔有多深了。

從門口踏出來，有塊能停拖拉庫的空地，再來就只是一大片晃盪的水。東南西北，西邊那池最大，後頭一畦一畦相連無岸。我一度以為那就是海，我們的磚厝是海裡不沉的航空母艦。

那一大片水中，有幾條只容一人通過的土壟。在路頭遇到迎面而來的小土狗，必須蹲伏在土壟的一邊，手抓緊泥土或雜草，縮起身體讓小土狗先過。總會有一些鬆動的碎屑落下水去，沒有回音。土壟筆直往西邊蔓延，在更遠的地方隱沒水中。

在還不用上學時，我白天就在土壟上走來走去，有如在玩平衡木，或是在家門口前面的空地像夜市的小倉鼠一樣繞圈子，無一个查某囡仔的樣，阿母從背後叫住我。之後她生了弟弟，便多了一個人陪我跑。我們撿枯掉的椰子樹葉，捲成一個喇叭筒。

「聽會著否？」

幾百公尺之外才有另一戶人家，所以我們用力的對天空喊話，但沒有應聲。

在水中央還有另一塊小島，那是一座廢棄的鰻池仔。下底用紅毛塗灌做一格一格，像盛豆腐的容器，頂頭簡單架著鐵皮棚子。後來阿爸不養鰻魚了，在那裡堆了一些生鏽的鐮刀、鉛筆[1]（iân-pit）、割草機。阿弟仔和我在裡面玩我們自己版本的跳格子。那池子大概只成人的膝蓋那麼高，如此放水後才能看到晶瑩的鰻苗和魚栽仔。我從一格跳到另外一格，追逐阿弟的影子。在格子內，四邊都被石牆圍起來，我覺得很安全。

除了鰻池仔可以遮蔽日頭，沒什麼地方能逃過曝曬。大部分的時候我都在太陽底下繞圈子，沒完沒了的跑，也不數兜了幾圈。我覺得自己十分自由，要去哪裡走闖都可以。時日一長，膚色變得和阿弟仔一樣。去市內讀女中後，同學都說我黑肉底，看起來髒髒的。偶爾會被說是癲哥查某。

我是在舞池遇到刺青男的。週末我都會去廉價的夜店放鬆一下，那裡連啤酒都難喝。這些阿母都不知道，不然她鐵定會念我癲哥查某。

以前阿爸養過鰻魚。到現在我還是沒吃過那個長長黏黏滑滑的東西。我拜託阿爸給我

1 圓鍬的俗稱。

看，阿爸用繩子繫著蝦籠，慢慢的把它沉到水底。過了一晡裡面就有像麵條一樣的鰻魚團。阿爸用倒勾勾出其中一條，讓牠攤在沙地上。牠有黏液的腹肚吸附許多沙子，奮力的在地上扭動想找機會逃回水裡。

我在那裡學鰻魚扭屁股，弟弟看著我笑，阿姊的屁股有夠力。初遇時刺青男也這樣跟我說。

夜店裡很難有椅子可以坐，若是有誰有包廂，那就太好了。若沒有，我就在眩目的燈光下扭動。我根本沒有在注意任何男人，沒有在意任何人，就只是學鰻魚扭動我的身體。在烈日底下我也是這樣扭動，直到地上的沙子把鰻魚磨出了許多血痕，直到鰻魚不再動為止。

刺青男很直接，散發一種我熟悉的人的味道。初次見面我就猜他是從鄉下來的，或是像萬華大龍峒那樣的地方。我和刺青男一同躺在有霉味的套房，抽有濕氣的菸。

在台北我日夜顛倒邊，我總是把這樣的日子怪罪於太久沒有曬到太陽。我想大概三點，刺青男為了找滾下去的零錢，翻開我的床看到底下長了一球一球像小草一樣的黑絲，我說沒關係我還不是照樣每天睡在上面。我們躺在一起看黑色的天花板，我像以往半夜等收魚那樣興奮。我們沒有聊哪裡工作哪裡念書，都是在說養狗的事，我們發現彼此都很想有狗做伴。

刺青男說他小時在公寓的家裡養了一條米克斯，不知怎地腹肚大起來。他存零用錢要帶米克斯去墮胎，卻不小心被喝醉酒的媽媽踢得落胎了。

我們魚池附近總有一些土狗，數目不定，大多是同一隻母狗和她的狗仔囝。我總是跟蹤牠們，看牠們叼來青蛙、蚯蚓、青蛇和一些稀奇的東西。有些狗仔囝長大了便散去其他格魚塭，橫直沒有柵欄關不住牠們。每隔幾年母狗便會大腹肚，一陣子後就會在角落發現木瓜大小的一窩小狗，在大太陽底下黑得閃閃發亮。

阿母說那隻母狗真是不知檢點。想抓牠去結紮，但又得多花一筆錢。

阿母甚至想把小狗抱去賣掉，賺點錢又可避免冒出更多小狗。她被阿爸臭罵了一頓。反正那些狗本來就生在那裡，也不是我們養的。

新生的小狗躲在香蕉樹蔭下，也躲在我們門口亭仔跤乘涼。我們在客廳吃飯時牠們不會越界。我們將吃不完的剩菜用鋼鍋放在門口，隔天早上再把空的鋼鍋收回來。

餐桌上我總是說吃不下了，阿母再三質疑我，拚命把煎虱目魚挾到我的碗裡，自己飼的耶，無毒無下藥，加緊囫囫（hut-hut）吞落。

刺青男說他真想吃我們那邊的虱目魚。然後向我的肩膀咬去，呵得我發癢，忍不住笑了出來。

知道結果之後，我在想要怎麼跟刺青男說。那天聊一聊我們就去滾床了，便沒有講到我們家那些狗後來怎麼了。我一直想告訴他，養在魚塭仔裡的狗不能像都市人養寵物一樣去抱、去挲牠們的頭，讓牠們舒服得瞇起眼睛。母狗會過來發出低吼。

我直接告訴他是兩條線，刺青男只說了一聲：「就這樣吧！」

我鬆了一口氣，一邊上租屋網找房間數比較多的公寓，一邊安排回去見阿爸阿母。身邊幾個姊妹比我更早就有了，找個地方住下來，把孩子生下來，不也好好像往常一樣在臉書上po自拍照，只是主角換做是小嬰兒。

我在想，是不是該約阿弟仔，乾脆讓一家子團聚一下，但這似乎又不干阿弟仔的事。他曾說過要買一塊地再讓阿爸養魚，不知道現在還有沒有這樣想。阿母拍他的後擴[2]（āu-khok）說：「你是欲你阿爸做工做一世人嗎？」

我們沒有過什麼家庭旅遊，阿爸怕他的魚被偷走，頂多阿母帶我和阿弟去參加旅行團。即使是三大節和過年，阿爸也很少離開過。規年迴天都開著的水車不會因為除夕而放假，扇葉在水上開出一蕊一蕊白花，我和阿弟仔就聽啪啪的水聲直到午夜，雲層傳來遠處的鞭炮聲，那便是守歲了。

相較於這種年節的團聚，我更期待收魚的日子。阿爸看望一整年的水湧就要大白了，

2 後腦杓。

我們一整年繞圈子若像也有貢獻仝款。這樣的氣氛更勝節日。

收魚時，難得會有許多人進來魚塭，把厝門口的空地占滿。前一兩日就會有工人帶魚網、電線、貨籃仔等等家私，堆放在倉庫裡。阿爸阿母出去一池一池的探水，我和阿弟仔守著倉庫的鐵捲門等他們回來。我和阿弟的歡喜總大過於阿爸阿母，他們沒什麼表情的在土壟頂頭來來回回逡巡，像挨餓的土狗一樣。

重頭戲的那幾天，阿母欲暗仔時就會開始煮大鍋菜。殺魚的、刮鱗的、秤重的、拉網的在空地上各就各位，她就恬恬的炒著，和他們互不干擾。阿爸把飯桌抬到戶外，要大家多吃一些，走來走去大聲招呼，無夠閣叫阮某煮就有矣。我們跟著一起吃，吃完飯後，他們先在地上聊一陣子天。阿母先去洗大鼎，滿身油味的催我們去睡覺。

撈魚的工人們都在半暝作業，可能十點、十二點才開始。儘管被阿母趕到床上，我還是捨不得睡覺。我和阿弟咯咯笑鑽進棉被裡，等待片刻後一同探出頭，對窗外張嘴凝望，反正阿母也無閒管我們。男人們穿起半身橡膠雨鞋踏入水中，只露出肩膀和頭。虱目魚翻起一陣半層樓高的水沫，有的正中魚網的下懷，有的奮力跳出了網外，但也沒能多活幾時。

我年年都還是會感到驚訝。看似平靜的水面裡竟然有這麼多魚，一條貼著一條，堆在拖拉庫上，張口閉口呼吸對牠們有害的空氣。牠們越來越喘，嘴唇開闔開闔，說許多空洞的話。拖拉庫一台、兩台、三台去了，我好奇這塊小小的地怎地生出這些魚，也好奇牠們都去哪裡了。

我從來就沒將整個慶典看完過，再醒來已是隔日。早時阿爸阿母沖掉手上的魚鱗，將趴窗邊的我們抱回床上去。我依稀記得窗欄的空縫有一盞燈若像太陽，把魚池照得敢若中晝。在某一條界線以外，又回到了無盡的烏暗。

也是有幾次，阿爸在晨光轉來的時，就頭朝下失魂的倒在床上。恍惚中我聽到怪聲，發現自己還睡在窗台上，以為是貓叫春。這附近魚多，魚多貓便多，貓總在土狗無法到達的瓦頂嚎啕大哭。我沒有挪動自己的身軀，搭著手臂又陷進豐收的夢裡。但那已是日時了，魚都到了遙遠的地方。

不少人在這地帶養好幾代魚，他們效法做田人，交代子孫將自己葬在魚塭邊充滿雜草的畸零地上。也是有這樣的鬼故事，那些屍骨吸滿魚塭的水氣變做蔭屍。年尾要收魚，魚塭的主人才發現池子裡所剩無幾。有人說蔭屍生前沒錢買肉都吃自己養的魚，過身以後仍然改不掉口味。也有人附和說，大半夜躺在眠床上，聽到了風車搧動水面以外的水聲。像是有質量的石頭入水一樣，咚咚作響，猶有拆開絲線的斷裂聲。這些故事讓我暗暝的精神也緊繃了起來。

後來我們搬去市內，阿爸轉去做大樓保全。我們習慣沒變多少，他和以往一樣，風颱天也要出去工作。阿母留在租賃的公寓裡煮飯摒掃，不用去記飼料水電的帳。仔細想想，甚至有一些好的轉變，例如我們就不再發現阿爸倒在床上發出怪聲。回家之後他倒頭就睡，失眠的問題迎刃而解。工作時也認識許多和他差不多歲數的同事，可以一起分享講不完的當兵的事。

阿母很快就把家事都做完了，注意力就都放在我們身上，尤其是阿弟仔。她時常責怪他，都同樣的寫作業看書，成績為什麼比我差上一大截。她也管他交朋友，管他的打球時間。對於我，她只叫我別省那一點剪頭髮的費用，把頭髮留得那麼長。於是我的大頭貼、畢業照都是只到脖子的短髮和齊瀏海，使得我不想在證件上用這些照片。但阿爸以及他的同事，當時仍然稱讚我漂亮。

有一半的時間阿爸輪晚班。上晚班的步調就像要收魚的季節，白天他把窗簾都拉起來，拿膠帶貼住縫隙，用棉積被蓋住自己的臉。醒來吃頓晚餐，便草草收拾出門去。下課後我從學校一路與機車並肩走回家，經過唱片行、文具店不敢久留，也沒停下來看愛河邊對我招手的男同學，趕在天光暗去之前及時登上有蜘蛛網的公寓樓梯。進門後，我趕緊將裝有午餐的便當盒拿到電鍋去熱。我們公寓的廚房和客廳是打通的，或說根本沒有足夠大的空間可以隔開。阿母在一邊忙碌，我在蒸煙之中寫作業等菜熱好。阿爸醒來剛好阿母飯煮好，我從學校帶回來的便當也溫熱得妥當。

以往在餐桌上，阿爸很愛講他的塭仔。他依照翻上來的白色肚子判斷魚大概幾吋大，又看到魚怎麼游法，在池邊繞圈圈啦或是沒入中層的水。繞圈的話可能是過幾天要下雨了，他與代表氣象預報的阿母對賭。或是告訴我們今天有幾隻鷺鷥飛到我們的塭仔邊，通常從西邊過來的會帶有病害，實在是擔憂啊。我們成了他的養殖日誌。

搬家之後，阿爸總是在他的房裡換好保全制服才出來吃晚頓，那是一件淺藍色的尼龍短袖襯衫，露出半截爬滿青筋的手臂。阿爸是那梯職前體能考試第一名，領到衣服時我稱讚阿爸他穿這樣很貼身很緣投。

風颱天的時陣，窗隙使我們的日光燈搖晃不已，阿爸瞇起眼睛浸在油墨裡。他下班總是會帶回當天的報紙，丟在飯桌上先進房去睡。阿母做完早餐等著我們吃完要收碗盤時，便先揀起報紙看過一遍。

阿爸晚上起床，才邊扒飯邊看他將要過期的二手日報。他叨念著燈泡變暗了，弓起背靠近攤開的報紙。如果我和阿弟仔有放颱風假的話，桌上便少兩道菜。為了節省，阿母只用一點醬油調味，菜嚼起來像阿爸老舊的皮帶。我仍然用米飯把嘴塞滿，像要入冬的魚得預先儲存好脂肪。阿弟仔一樣鼓著臉頰，我們不必再為著擔心小狗餓肚子，而虧待自己。

但我還是禁不住反胃，在餐桌上嘔了一下。阿母問我怎麼了，我說燈晃得我噁心。路邊停著的車被風弄得警鈴大作，阿爸關上鐵門在一片高頻的喔咿喔咿聲中離開。

我們不必像住在魚塭邊時孤伶伶的在風雨中等著黑暗。待到果真跳電以後，阿爸從褲袋中抓起蠟燭，拿檳榔攤贈送的打火機燃火。我和阿弟仔靠在燭火邊寫字，阿爸有一搭沒一搭的向我們丟話。鰻池仔的鐵皮屋頂敲打柱子，我們在這端的厝內還是聽得到。剛出世的小黑狗大多躲在裡頭，我曾央阿爸在風颱天跟他出去巡一圈，計畫偷偷跑到鰻池仔那裡給狗仔囝一不鏽鋼鍋的菜。但阿爸說查某囝仔這樣太危險了。

風颱走後，我搶先翻開鰻池仔的帆布，有時看到其中有幾條冷掉的小狗。狗母回來以後，她用舌頭舔舔小狗的毛皮，翻滾牠幾圈，又像吃食一樣的嚙著牠的四肢，幾度我都怕牠要被舔斷手腳。這樣翻弄許久，烏黑的毛色裡猶原未見反射的瞳光。狗母將牠叼起，走向西邊望不到底的水那邊。

太陽入海前，天空的面色變做很祥和。狗的影子長了，香蕉樹的影子長了。狗母開始低鳴，其他小狗紛紛離開鰻池仔，貓也不叫春了。公所穿著襯衫的人圍著阿爸講話，來了四五個人和他站在池邊，他衣服還來不及換洗乾淨。講了好久，我看見那些白面的男子比畫著天、比畫著水，阿爸也發出像狗母的聲音。

那時我已經歷了初經，準備畢業了。阿爸說，我們順便搬家吧。我只記得我在香蕉樹蔭下，看阿爸看了半輩子的水。水隆起一座一座的小山，恆常的向風尾移動。即使再困難，阿爸總是能拒絕水面的邀請。

我只是想知道那是什麼感覺，自土坡慢慢踏下去。我一步踏彎池邊的芒草，再一步透過腳掌聽到水螺貝殼的碎裂聲響。灰土石混入水中，攪起一翻奶色。我沒有引起太大的干擾，膽小的鷺鷥仍繼續在找小魚。我想和虱目魚一同泅水，漫在無邊的水車聲中，偶爾翻起銀色的肚子。

人沒有魚能在水裡優游的自由。有時水高過我的鼻孔，有時我又吸得到一點氣。起先因為我用力踩踏而像有了地板一樣，漸漸的我被越來越溫柔的水包起來了。光在水面淺層編織了魚網，像是收魚仔的時節一樣在裡頭跳舞。太陽還沒沒入，月娘在另一邊淡淡浮現，水車靠在水面的扇葉像廟前拜墊上祈求的人。

不知道是不是我有喊出聲音，或者水面的波紋不一樣了，阿母先發現了我。我其實沒有離岸太遠。阿母回頭抓一條大毛巾把我包起來，然後用衫仔架猛揮。等我清洗幾回，也都風乾了，才發現身上多了好幾條紅印。

晚上，阿爸對阿母咆哮，說怎麼可以對囝仔起跤動手。

阿母回話，囝仔也長大了，明知道不可向水裡去，應該教示。

他們也都知道了吧，阿爸說。我們沒辦法繼續待在這裡了。我們應該讓他們付出一點，不要那麼輕易的任他們這樣趕來趕去。

你希望女兒沉入水裡嗎？阿母忿忿的把蒜頭投入嗶啵的熱鍋裡。

後來他們忘了我和阿弟在一旁，時而像讀冊人一樣的談起土地權狀等等的名詞，時而像在榕樹下互相對奕的老冤家。鷺鷥拍翅離得遠遠的，厚重的雲層之間傳來回響。阿母說，隔壁的那個誰也早已答應縣府了，拿到了一筆可觀的錢，他可以化危機為轉機，改做別項頭路。

阿爸大喊女人不要插嘴，我也只好靜靜的，他慢慢的說，今年的魚再一兩個月就長足重量了，可以收到最好的價錢，可惜等不到那時候。

拖拉庫滿載著魚離開了厝前的小空地，卸完貨又回來載一趟，如此來回。最後一趟是來載我的。我坐在後頭的貨斗，讓有鹹味的風吹我的頭髮。車子沿路滴著水珠，是碎冰融化留下的。阿爸過來拍我的肩膀，在我的衣服上留下黑油的汙痕。上國中後，他就很少碰觸我了，我的衣服也都被阿母分開洗。他黑掉的牙齒對我說，養了半輩子的魚，不如養一個跳上岸爭氣的女兒，我那時剛考上女中。

如果我現在仍住在那裡，可要拿著手機在土壟上跑，追尋訊號的地方，才有辦法生活吧。

刺青男問我回去要準備什麼，我告訴他什麼都不用，帶禮反而見怪，更像是要補償這個意外的懷孕。

阿爸阿母早已經習慣在市鎮上的生活。回去前一天我給他們打了電話，叮囑阿爸晚上提早起來，多留一些時間晚餐再去上班。當我阿母打開公寓大門，刺青男還是很驚訝。我跟他說過我們早已不在魚塭了，他還是時常忘記。

白天阿爸睡覺時我和阿母去市場買虱目魚。我怕刺青男無聊，叫他自己搭捷運去晃晃，也算把他支開。阿母堅持要去前鎮，她說以前我們的魚貨都送那裡。偌大的棚子底下都是閃閃發亮的鱗片，阿母一路上用手直接去試探魚的表皮。在那裡我先跟阿母說了孩子的事。我原先揣測她會很生氣，至少會有很多的情緒，多到讓阿爸遭受波及。

「我想跟你講一件重要的代誌，但是我毋知是好消息抑是壞消息。」

阿母沒有伸手過來握我或挽我，也沒有像我最壞的猜想那樣搧我巴掌，可能是她的手沾滿太多魚血和腥水。

「你抑是仝款。」阿母只是低下頭繼續踩在臭臊的水灘裡，找尋適合的魚。我開始懷疑那一年阿母在我身上留下的紅印。

那天阿弟沒有回來，他工作忙活動走不開，我很替他高興，有了自己的事情要忙。阿爸穿著輕便的襯衫走出自己的房間，抵達屬於阿母的餐桌上。我們好像沒背台詞的演員硬被湊在一起，擠在有壁癌的公寓裡圍著一桌熱菜，魚肚油煎，魚骨熬湯，一碗一碗盛在桌上。在這樣的情境下我們都沒預先想過要怎麼說話。

「以後是家己人矣，食啦食啦！莫客氣！」阿爸率先發難。

阿母接著就問刺青男家裡做什麼、念什麼學校、工作如何等等，刺青男答說他爸是做水泥公司的。

「無簡單，做土水，背後一定有很大支持。」

阿爸接下來這麼說。他挾了魚肚油脂最厚的部分到刺青男碗裡。刺青男繼續講在台北念書到後來工作的事情。

「家裡有房子嗎？」

「不要再問了，爸，你自己也吃點魚吧！」

我指著他空蕩蕩的碗說。他抱怨胃的老問題，仍然沒辦法吃太多。

「這是為著你好。」阿母悠悠的說。「以前你爸總是說要讓我搬離這棟公寓，到現在呢？」

阿爸說他沒想到這份工作會做這麼穩當長久，每天看大廈的住民也是挺有趣的。他們大多是律師、老師、醫生，也有在電子廠上班的，有時工整的提著公事包向他點頭，偶爾扶著欄杆穩住身體才有辦法開門。

「哎呀有臭臊味。」阿母挾了幾塊魚肉，便放下雙箸。

刺青男仍然誇讚阿母的烹調很有功夫，把魚皮弄得金黃酥脆，他把阿母煎的魚肚和魚湯全都清光，阿母說她很有飼囝仔的成就感。

「你敢知？這就是無去鬧魚仔，才會有這款臭味。」阿爸養過了魚，便好像所有的魚都是歸他管。

魚在魚塭過冬常有土味，阿爸為去除這個味道賣得更好的價錢，會請人來池子裡鬧魚仔。那是萬才伯吧，他有一艘馬達小船，馬達聲就像沒裝消音器的歐兜邁。

萬才伯幾乎知道我們什麼時候要收魚，有時我們沒叫他，他也會到我們這裡準備。萬才伯用力耍開牽引馬達的傳動帶，船便倏地向前跳躍。虱目魚以為是打雷了，紛紛沿著船經過的軌跡跳起，嚇得屎尿失禁、穢物盡出，在水面上泛起美麗的波形，只剩下香甜的肉身。

別以為那是很簡單的，阿爸眼睛看向刺青男。開那樣的船要有技術，讓船像水漂一樣跳，魚才會知道是不能在這片池子安穩的住了。

阿爸的塭仔要被收走那一年，萬才伯還是照原定的時間來鬧魚仔。阿爸聽到撲撲的引擎聲，便打赤腳穿汗衫從厝裡奔走到岸旁，對著魚池大喊，「莫閣鬧啊，莫閣鬧啊！」小狗也對著魚池一起叫。那句莫閣鬧在空曠的天上回響，萬才伯不知過了多久才聽到。

阿爸跟我說，他騎機車回去那裡看過。他們那裡蓋起了一座新社區，有小公園有溜滑梯，旁邊種了一圈矮樹叢。

阿爸說他沒看到小狗，但牠們應該還在，也許躲在某個地方。我們還住塭仔時，牠們就因為會踩踏附近田裡的菜，而時常被放置的陷阱夾傷。但牠們還是都活了下來。有些農人會忘記自己放過捕獸夾，不注意去踩到。刺青男聽到這裡笑了出來。但這是極少極少的時候，受傷跛腳的大都是那些黑狗。

到後來我只記得不是那麼開心的事。例如我猶原驚魂未定，腳上漸漸有了踏實感的時候，阿母跑過來伸出雙手用棉被把我裹起來，擦去滿是飼料味的水和附在身上的藻類葉片。我以為她要抱我，她卻回頭拿出一支衫仔架朝著我揮。我被包裹著，腳不好使力，也無法舉起手心抵擋，幾條紅印就貼到了身上。

但是我都忘了阿母是怎麼發現我的。那時阿爸應該在有桑椹樹的飼料桶那邊，他從厝內揀單輪推車走到岸邊需要走個五分鐘吧。阿母在屋內剝四季豆，她應該一如往常專注在手指的繁複運動上吧，還是她也分了神？她是慢慢從坡道上滑下來，還是從岸上跳落來？

我時常想當初我這樣做是為了什麼，我已經遠離那樣的情緒很久了。有時我看到類似的新聞，會不禁假設那時我們如果不搬走，堅持留在原地，現在會在哪裡。

五個月後，我的孩子就要在一個新的地方出世。阿爸起身要去上班了，刺青男去洗手台幫忙阿母洗碗。我仍然坐在椅子上，一切回復原狀。

本文獲二〇一六年高雄青年文學獎

# 代表要退了

「好……好……閣來……」工人在門口大喊，穿了一件發亮的黑皮膚。

狹小的街路兩頭放置了幾根交通錐，如同辦喜事一般請人改道。硬是有不信邪的轎車開進來，看到了代表家的工事，才不得不回轉。

「較慢咧啦！較慢咧！」頭仔對著坐在山貓上的駕駛比畫，深怕吊在空中的招牌晃動太大，敲到林美惠的窗戶。

林美惠從窗戶探出頭，看著底下的眾人。這邊的指揮那邊，那邊的又指揮更遠一邊的。她什麼事也沒做，就只是看，覺得自己才是一切真正的指揮者。確實也沒錯，她沒有告訴代表，就請了一隊拖吊機的工仔。

一道利索的影子在林美惠臉上緩行。先是罩著她，然後切在她的顴骨，切在她的半邊鼻子，終至離開她。日光又重新照進房間，床頭燈、棉被、枕頭，看起來更新了一點。該是要重新開始了，林美惠在心裡給自己鼓勵。

在那之後，林美惠以為她可以退休了。所謂退休，並不是什麼事都不用做，和做代表的先生一起報名日本團，被從這裡運送到那裡，跟一些歐巴桑歐吉桑討論哪些免稅商品比較划算。來他們家總喝烏龍的校長夫人就是這樣。

她不敢做此奢望。她想的退休是一種勞動，她一直想把儲藏間清乾淨，鬼才知影會摒出啥物貨。然後好好掃地，掃完用電視購物買的好神拖把地板上的腳印抹去。如此便可一勞永逸。不會再有人沒敲門就推開玻璃門，一句話也不說屁股就貼到客廳的藤椅上。

「來泡個茶吧！」那些人通常這麼說。多年下來，她已經學會迅速挑起茶杓，拋進茶壺內，幾分鐘之後端到人客面前。

「講代誌」，代表是這麼形容這儀式。你不講，也有別人講。動動嘴巴，交交朋友，「代誌」就會轉動起來，多好。既然要「講」，就要有茶葉有滾水，講久才袂喙焦，才會使久久長長的講落去。

差了一千票，在小地方算是多了，代表自己掛不住面子。然而在那之後，大家還是叫他先生代表，始作俑者是齒科蘇醫師。投票之前，林美惠多次叫他去找蘇醫師別只在那裡喊牙痛。代表嫌她囉嗦，在她的跟前摔了一只好茶壺，還好桌子是頂住了，陶瓷投降成碎片。

林美惠能忍。過幾天她就放了一罐瓶子在鞋櫃上，白色的，上面印著看不懂的英文字。「提去孝孤（hàu-koo）啦！」她對代表喊，就把罐子留在進門的地方。

過幾天鞋櫃上就看不到罐子了，不知道代表有沒有吃下去。那個在講台上年輕的人說，裡面是美國人在植物裡最新發現的配方，不是藥，吃了不會傷身，又可以保養珐瑯質。

幾個月之後，同樣的力氣砸在代表牙根上。他張開口照鏡子，牙齒沒半點動靜的豎立在那裡，他才不得不走進大街上蘇醫師的診所。

蘇醫師和他是老相識了，甚至可以說打從母胎起，他們的母親就交流烏骨雞讓他們順理成了換帖兄弟。出來選之後，他們一起喝燒酒，有什麼利潤也一起賺，紮紮實實讓村子發展到這般規模。蘇醫師拍拍胸膛跟他說過，如果有什麼問題來給他看，打折免排隊。

但代表不缺錢，診所也不至於要排隊，承諾一直沒有機會兌現。診所外頭掛著斗大牙齒模型，抽了幾十年排氣管出來的烏煙，活像是老菸槍的黃牙。

「代表，食飽袂？」一躺上椅子，蘇醫師就問候。

代表聽到認為蘇的是在損他，都已經落選了還這樣叫？後一屆我若選著，你才來叫我代表。他想要回嗆，但嘴巴被蘇醫師的手指撐開，只能流著眼淚。

「你都怎樣吃飯的啊？」

他不服，他有話想說，說出來的是長長的一聲啊——

「毋通顧講話，喙齒嘛是愛保養，愛保養有聽的無？」

「這顆已經蛀到牙根了，要整顆拔掉要根管治療。」

當然，代表不可能讓自己的門面少一顆牙，得花個幾萬塊再做支假的了。

「代表，接下來你得好好保養自己的身體啊，看看你這張嘴巴……」

代表也不那麼激動了，欣然接受了代表這個稱號，這是民意所趨。

林美惠沒有想過代表退了以後會是這樣。他坐到王爺廟頭前去，像一隻浮在池頂搖著腮的虱目魚，貪圖一點維生的空氣。草草繞了村子一圈謝票後，服務處裡的事，都剩給林美惠處理。

在這之前，每當林美惠稍稍要提起這話題，或者只是說要出去旅行一段時間，代表馬上跳起來求她放過他。儘管代表已經克制了音量，但他的央求還是傳出他和林美惠的房間。他求她不要置他於死地，等到投票日過了要做什麼再說，千萬別在這種時候鬧，對於形象的折損太大了。他趴在前面，好像林美惠有什麼無上的權力。

也不是沒有聽過這樣的事，若沒達到預期的票數，會有兄弟仔來關切。

當初認識代表，他只是個在地方銀行上班的小伙子。她幫公司跑銀行時，就被他大聲說話的樣子吸引住了。有他在，那簡直不是銀行是市場。公司那時狀況不錯，在這種鄉下也能攢到不少，她把支票一張張交到他手上，將隊伍給霸占了。他笑著說，你是欲共後世人的支票攏予我諾（hioh）？

要嫁給代表，父母親是反對的。他們認為代表太浮了，家裡無通靠，又時常喝酒交陪，之後會很辛苦。但她脾氣硬，頭幾年過年，她跟回代表家去就不再出來了，當做沒有初二這回事。

如果說他有什麼強過人的地方，大概就是看人面色。是他拉著林美惠回到後頭厝，一進門就跪到地上，叫了聲爸。人的腳長在自己身上，要走攔不住。但無論走多遠，我會把她帶回來。

後來當同黨的黃仔說要參選時，他也只是一通電話過去給縣黨部主委。和平時講話的語氣完全不同，客客氣氣的，還轉換成國語。表面上他是確認登記時間，實際上是留給黨部和自己一點轉圜，試探黨部的意思。不用媒體報導也能感覺出這次縣長、鄉長黨都不好選了。他雖然只是一個小小的代表，但還是有一些些施力的空間。另一頭的主委也客客氣氣的，問他農會的狀況好不好。

誰都想順著系統往上爬。論年資，代表算是最長的了，論票數估計，即使沒有披上黨的旗幟，還是能拿個三成。

無可避免的狀況還是發生了，勢必有個人要被擠下來。投票日那天，他們沒有打開電視看開票。服務處裡的司機、祕書和幾個親近的志工，幾個人騎著機車把村裡的投票所記一輪就清清楚楚了。遠處傳來鞭炮聲，林美惠的心裡也劈啪作響。代表推開門，把風鈴搖響。他們把風鈴掛在門把上，好讓有人走進服務處時他們能馬上反應過來，以微笑迎接。現在會進門的就只有她自己和代表。

之後代表就很少待在家裡。廟埕很大，建醮的時候可以裝進村子裡每戶人家的祭品，再搭戲棚、小吃攤，同時小孩可以在一旁玩巧固球。那是一種可以發洩體力不容易受傷的球類運動。它長得像排球而稍微小一點。除了球，擺在地上傾斜三十度的網子是唯一的必要設施。運動員拿球朝網子全力投擲，網子具特殊彈性使球回彈，球彈得越遠得分越高。不過，一旦球被守備員接住就沒分數了。因此彈得太遠是有風險的，速度慢了下來便容易被抓住。沒關係，這不重要。這裡的國小學生沒辦法在籃球羽球桌球勝出，老師才找來了這種沒人玩的球類讓他們可以拿全國冠軍，好可以順利申請補助款。

孩子在廟埕邊丟球，像欲共冤仇人擊予死，朝網子出力砸。廟埕中央有棵大榕樹，在下面的人影就是代表，也不怕球什麼時候要飛過來。

他在藤椅上，朝天張嘴，看起來不會動，其實是很奮力的在生活。就像是魚池裡要反窟的虱目魚，袒著白腹吐著白沫。身在熱帶地區，代表沒有辦法看到鮭魚力爭上游，卻有勇氣看虱目魚在臭臊的池裡垂死掙扎。

他每日準時到那裡報到，好像要給大家看見他耐心等待的模樣。但除了節日或建醮，大多數時間王爺廟沒什麼人。他在那裡用語言蓋了一座好高的棒球場，那是村子本世紀以來最重要的愛鄉十大建設，不小心跳票了。

廟原本只是一座破舊的柴廟，負責翻新的人以為咱村會長成一個可以在廟埕辦秀的小鎮。代表也如此認為，撥算珠計數，一個生四個，四個生十六個，十六個生六十四個，六十四個生兩百五十六個，如此下去，遲早有一天會塞滿廟埕的。或許可以請豬哥亮這樣的大牌來，讓大家有個愉快的佳節。

新廟剛蓋好的頭幾年，幾乎每週都有神明生日，四周鄉鎮的人們都聚到了這裡來。正月十五上元天宮，二月初二福德正神，二月初三文昌帝君，二月十九觀世音菩薩，三月十五中路財神，三月二十註生娘娘……，還有主祀的五府千歲。他們輪番降世，一一進駐這個黑面琵鷺飛行軌道上的小庄，儘管黑面琵鷺現在不飛來了。

後來拜天公人還可以擠滿半個廟埕，再來請個戲班還有兩三排人來看。去年冬天有烤香腸攤販和下象棋的老人，到了夏天就只有大榕樹和樹下的代表。

但林美惠知道他在那裡。因此當她接到電話後，馬上就有了方向，腦海裡投射出地圖上的一個點。

「代表夫人啊！夫人敢有佇咧？」工頭往玻璃門裡探頭。

「莫叫啦，我拄才看伊行出去矣，伊講較停仔就轉來。」穿螢光背心的工人過來跟工頭說。

「伊去做啥？」

「講欲去揣代表。」

林美惠空著機車菜籃，沿著環狀幹道巡行。所到之處都是代表的選區，她維持一貫的笑容，向路上行人、流浪狗示好。林美惠也不著急，像從市場包完便當回家一樣輕快，慢慢騎到廟埕底下。

「緊轉來啦！」林美惠熄了火，但沒有下車。

「啥物代誌？」

「有你的電話。」

「你不能幫我接嗎？」

「對方說是非常重要的消息，一定非要你接不可。」

代表把自己關在房間裡好一會，靜悄悄的，林美惠逕自做她的午餐。他吃完一碗炒麵，沒有午睡，就跟林美惠說：「去幫我把我的背心拿來。」

代表應該有發現門口少了一塊什麼，一定有，日頭看起來是專工欲照入厝內。但代表沒有多說什麼，林美惠根本不知道他生不生氣，你怎麼能知道看無影的井有多深呢？

「他們跟你說了什麼？」她隨口問。

「之後你就會知道了，總之現在有得忙了。」

接聽電話時，代表在話筒上噴滿了口水。林美惠得拿衛生紙把電話擦一遍。代表說話的音量回到以往那樣，他不再是死魚了，她知道他暫時不會整日跑廟埕。

「你要去哪裡？」

「我要去中山堂。今天不用幫我包便當，晚上記得看新聞。」

「莫閣管遐有的無的，管也無效。他們把你蓋的活動中心拆掉，重新建了一個新的。」

「然後呢……」

「然後你的題字就不見了呀！換了新任的官。」

「幹！」代表咒了一句。

「肏他媽的！」他隨後補上。

林美惠繼續說下去，非但沒有勸阻的效果，反而激勵了他。

「他們忘恩負義、不要臉，我真是飼鳥鼠咬布袋。」

代表勒上皮帶，把自己束得像分節的醃腸，正經八百的走了出去。

「記得幫我買兩斤上等的茶葉，一斤無三千塊袂用得。」

「我們很窮了，要像個窮人一樣。」

「之後不會了。」

一台車熄了火停在門口。代表跟林美惠又交代了一次，才坐到車上去。老車有一口深痰卡在肺部的，咳沒幾聲就熄火了。連續幾聲之後，終於把汙穢吐了出來。引擎發動，代表也要發動他的計畫。

街上又剩下電視在朗誦，自顧自的講新聞，它講林美惠就聽。平時它講哪裡又開了新的餐廳，造成民眾排隊一兩小時；它講哪裡又有人開車撞了分隔島，或把機車騎上高速公路。但今天它不講這些，它重複了，重複的講本地出身的立法委員將要遭到黨主席革職。

林美惠回頭去收拾沾滿肉燥的碗、掉在桌上的米飯。代表的喙像有破孔，習慣把東西吃剩一點。這麼一點他根本可以吃完而不造成浪費，但他偏不，他就非得有幾口飯、幾片菜，然後跟林美惠說食袂落去矣。

這些林美惠都習慣了，卻有另一件事讓她發抖，氣得肩膀上下起伏。

桌上都是碎紙片，邊緣露出毛絮，看起來是隨意撕裂的。

「創啥貨，這是創啥貨？」

但都沒有人了，她只能對自己說。她以手為掃帚，把紙都集到塑膠簍裡。玉鐲不時敲到桌子，規律的發出叩應聲。

沒多久她就發現碎紙中的規則，上面就簡單兩種字，數字和名字，而且是代表的名字。那是之前託龍仔他們印刷廠做的名片，原本滿滿的頭銜，現在變成「警察之……」、「09782……」、「……華民國體……」、「……621-53……」、「……防之友協會」的隻字片語。

「創啥貨，這是創啥貨？」

她實在不是個盡責的官太太，不擅長和人打交道就算了，她受不了夜歸時他身上的酒氣，偶爾毫不客氣丟下一句，「還選什麼選舉，連自己孩子的票都拉不到。」

罵完代表之後，她總覺得自己下手太重。孩子長大了就是要放去自由飛，夫妻倆少打一些照面就是了。

當她終於又走進主臥，才驚覺連空間她也是陌生了。

房間簡直是一條皺褲子，口袋裡不小心裝了衛生紙，被丟到洗衣機裡洗過。到處都是撥不掉、吹不走的白色碎屑。

年輕的時候，她應該就要看出代表的個性。他說話洪亮，對自己的話語十分肯定。當初她就是看重他的海派，也就是因為這樣，即使孩子都到外地去生活了，家裡還是生氣蓬勃。她在房間裡蒐集這些碎屑，只是代表現手[1]（hiàn-tshiú）帶來的其中之一種副作用。

1 出手大方闊氣。

他是這麼討厭自己嗎？

到處都是拆成兩半的名字，好像他的名字原本就一分為二，只是被強拉在一起。現在他是給他們分開了，自由了。

「誰講我醉矣？」

「我的面敢通相信？」

「你的面。」

「我信。」林美惠抓住機會，又給代表塞了塑膠袋，這次是一排鋁箔裝的膠囊。

「啉酒就是欲酒醉，是按怎愛解酒？」代表首先是這麼說。

「這粒食落了後，會通肝，共肝攏洗清氣。他們講內底有啥物、啥物酵素啦。」

「誰講的？」

「一个少年人，真認真的伙仔。」

代表會問，意味著他不相信她，或不相信藥。對她來說都是一樣的。她相信藥，而代表應該也要相信藥，也就是相信她。

到講堂裡坐下來，吸收保健知識，是屬於她一個人的時間。總得在代表去拜票、去跑場，她才放心的將自己放空下來，交給台上的少年。他總是有趣而令人安心，告訴大家各種延年益壽的妙方，是真正對人有益的工作。

自從代表退了以後，這樣的機會少了。一來因為善後的事都落在她身上，找人撤旗、移交文件。她沒做過這些，做起來曠日廢時，但代表也沒有。他也沒有說要做到什麼樣的地步，拆招牌是她自作主張了，但既然放給她做，代表就不應該有意見。

「這是咧創啥？這是咧創啥？」

出門前，她仍然碎念著。難道這是對撤下招牌的報復？片片碎紙發出嚴正的抗議，好親像咧講，對，我就是無路用，下痟的查埔人，才讓牽手把招牌都拆拆去了。

代表交代要買的茶她仍記在心上，但首先她得趕去下午兩點的說明會。家裡的米煮完了，她得再補一包。她嗅到有大事將要發生了，多備一點才是。

半年前街口轉角的店面重新裝潢，林美惠買完水果路過那裡。收到傳單後，她毫不猶豫就參加了。令她真意外的是，她發現校長的妻子也去了，林老師、賴會長、退休的王主任，通通都擠在位於二樓的講堂裡。

那是一排透天厝的其中一間，因為面馬路，一樓被用做店面。順著隔開的樓梯上去就是講堂。原先大概是什麼小企業、中盤商的辦公室，整層樓沒有隔間，桌子都撤掉之後，露出一大片洗得亮白的地板。

她向校長夫人打了招呼。

「夫人好，哪會來矣？」

校長夫人一開始把視線移走，看向落地窗外的停車場。林美惠又叫了一聲。

「夫人，真拄好。」

校長夫人才會過意來。

「真拄好、真拄好。」

她們的確該為她們的貪小便宜感到害臊。傳單上寫只要來聽說明會，就可以用十塊錢的價格買到一包菜脯餅，五十塊可以買洗碗精或米。

也許校長夫人被林美惠的落落大方感染了，和她聊了起來。

——各位鄉親序大，紲落來介紹的這項，十歲到七八十歲攏需要食。人活咧就是愛疼惜家己，也疼惜厝裡面的人。我說這樣對不對？要別人來疼自己，自己得先愛自己，才不會成為兒女的負擔。一个健健康康規日喙笑目笑的老大人，和一个煩惱東煩惱西目眉結甲敢若屎的老大人，佗一个會使人佮意？

講話的人比台下的人都小了十歲，卻讓整間的老大人頻頻點頭。大家都坐在塑膠摺疊椅上，脖子懸著。屁股和椅板硬碰硬，不是那麼舒服。但少年家卻讓人忘記這些，只是聽著他講話。村子裡太久沒有這麼多人一起，專注聽一個生人講話，眾人都在打量他、思索他的論點。電視上的名嘴顯得不夠有吸引力了，到底還是在方箱子裡。

一個穿大襖的阿婆坐在前面不住發抖，他馬上看向阿婆。

——別人寒死無要緊，你家己毋通寒著就好。

台下都呵呵笑了起來。

——來，今仔日考試，按呢是幾支指頭仔。這條傷簡單，答對的送一包餅，下一題可要注意，要送一條齒膏，有牌的白人齒膏。

他對剛剛那個阿婆挑眉，阿婆當然是馬上舉起手。這還不簡單，是三隻手指。台下窸窸窣窣的傳出，無公平啦，坐頭前的看較清楚。

接著他叫大家拿出手上的傳單。經他這麼一說，大家才發現今天的傳單右下角印了一行小字。

——有誰看有？目睭放較金咧！

房間在他的掌控之下安靜了下來，是預謀好的安靜。

——目睭放較金咧、目睭放較金咧！敢是看攏無？看攏無對無？按怎才會當看有？就這粒。這粒就愛食，食一個月了後，字本底看無變做看有，針本來穿袂過保證穿會過。這就愛配牛乳啉，效果閣較好。

「這个少年人來咱遮賺錢，咱就愛好好對待伊。」校長夫人和林美惠都靠在椅背上，夫人對她說。

——無一個月後，咱來舉辦穿針比賽。

又是一陣笑聲。

「予伊一點錢賺，買一寡物件捧場捧場就好。」

「真少看著這呢骨力的少年家。」

「毋攏是為著錢？」

「但是顧身體這卻是真正的，錢攏是假的，只有身體是真的。」

「閣愛食百二。」

起先她只是想著要去領便宜的米、餅乾，後來慢慢從少年家那邊買一些保健食品。她不是要買給自己，而是給代表的。離選舉越近，代表就越有能量，不絕的跑場、和老朋友打照面，但她知道在光鮮亮麗的外表下，身體都給打壞了。只有她知道，代表睡覺會磨牙齒。

校長夫人和她是說明會裡頭有頭有臉的人。其他的是一些菜販、老農、退休的基層職員。和他們在一起林美惠有些不自在，別說她看不起這些人，她根本不知道該怎麼不跟他們談選舉的事情，不跟他們好聲好氣的說拜託拜託。所以她只好跟校長夫人聊，校長夫人似乎也只跟她聊天。

「回去之後，代表有吃這些產品嗎？」

「我不曉得，但我都塞給他了。」

「有效嗎？」

「他晚上還是沾到床就睡。」

「到底是有沒有效呢？買買遮一堆。」

「加減吧！這次他選得危險，自己的身體都不顧了，能撐下去就很不錯了。」

「至少買回去也是一種心意。」

「是啊，心意重要。我們請人客也是一種心意。這禮拜又有要請了，你要來嗎？」

「都是一些講大話的老查埔。」

「嘛是有我矣！來啦來啦，陪我開講。」

中秋、重陽或者端午，每有節日，代表會在自家後院辦聯歡活動，如果真有必要，會去聯絡主委借廟埕。用的是公務經費，吩咐的是林美惠，她得去叫食材、借瓦斯，做好所有事前準備。鄉下人都愛這種宴會，認識的人都聚在一起，喜歡的或不喜歡的，有過節的、見著尷尬的，都是看了幾十年的人。從廣大的土地上聚在一起，煮火鍋、吃烤肉或包粽子，度過每年都會來的特別日子。

這些都是代表服務處招牌還掛著時的事情。大家衝著代表來，林美惠陪他站在門邊，招呼賓客車停哪、摩托車怎樣擺。代表逐一和來的人握手，直到準備的塑膠椅都坐滿了，才進到會場去。

通常是這樣的，代表準備一台麥克風機，他率先上台致詞，歡迎大家賞他臉來到這裡，要大家酒加啉寡，飯加食寡，像沒有明天一樣的吃破腹肚。代表說完，幾個固定的成員會毫不掩飾自己的音調失準，開始用遙控器點歌。代表就讓他們唱，一邊和底下的重要角色交談，派出所所長、戶政事務所主任、校長、課長。說來說去是同樣的東西。

校長夫人也出現在摺疊桌上的卡式爐前面，時時注意把生鮮的青菜放到鍋子裡去煮。林美惠過來和她打招呼，同桌的還有勥跤的張太太。人家都說，張主祕有了她，就像得了兩個助理，一個選舉外助一個賢內助。

「校長夫人，你也來啦！」

「唉呦！好久不見，今天你氣色真好。」

「不只氣色好，規个人攏精神起來。」張太太硬是要接續著吹捧。

「可能是最近吃比較好，有保養有差！」林美惠跟她使了個眼色，想要提起她們共同的美好時光和祕密。

「共我教一咧！我只有越保養越膨皮啊。」校長夫人的策略一直是這樣的，自己逗自己笑、逗大家笑。

「你們家小余呢？怎麼沒看到你們家小余？」林美惠硬是擠出了一句，接著才發現狀況不對。

「他忙啊，人在外地說沒時間，也沒買到車票。孩子讓他忙就好，有事總比沒事好。」張太太幸好是接了下來。

「對啊，有得忙很好，也希望我先生可以忙。這次可要多多支持我先生啊，能為大家做事是福氣嘛，保養的方法我教你。」她不忘自己的職責。

「當然支持啊！以前麻煩了你們那麼多事。」張太太說。

「沒有，解決事情是應該的，本來就要做的。」

「莫按呢講，未來還要麻煩了。」

「校長夫人，我那邊有人送茶過來，想說你有在喝，你要不要過來看一下呢？」

「免啦、免啦。不要那麼客氣。」

林美惠喝了幾杯，跟他們先告辭，自己往外圍走去。她本來期望校長夫人可以跟她一道到安靜的地方去。後來想想，張太太在，只邀請校長夫人她怎麼敢答應。

林美惠不必得時時陪著代表，她得注意什麼時候接近尾聲。這仰賴她與生俱來的敏銳能力，挾飯菜的速度、有沒有人開始拿塑膠袋打包、水果盒是否被打開。等到林美惠確認人潮將散，開始採取下一步，她就有得忙了。

她靜靜走回室內，拿起桌上的電話。

「你們現在在哪裡了？」

「在民樂路這邊。」

「順紲過來阮遮好無？我一袋糞埽囥（khǹg）佇外口。」

「代表遐？」

「對，代表遮，烏色的袋仔。」

「烏色的袋仔。」

掛上電話後，林美惠才把垃圾從廚房抓出來，放在騎樓前等待公所的清潔隊來收。放下塑膠袋的那剎那，她想跟代表討回上次給他那罐補充軟骨的。

代表接著打電話，請計程車把一些醉了的兄弟仔載轉去。

「借我一下充電線。」嘴巴吐出酒氣的男子說。

那個醉倒在藤椅上的是議員的後援會會長，不知道議員到底和他關係如何，也許他根本不被議員重視。

「我得聯絡一些事情。」他又說了一次。

「你手機的充電線生啥款？」林美惠笑著問他。

「就S牌的，你看是這種，和恁翁的手機仔仝款。」

林美惠翻了辦公桌，卻沒看到像線或繩子的東西。

「我揣無，我這條先借你看覓。」

那個男子把印有議員名字的背心穿在身上，伸出短小的手去拿那條線。

「袂用得啦！」

「敢按呢？」

「你閣去揣看覓，頂回來我就是用伊的線充電的。緊，我有代誌愛聯絡。」

「歹勢啦，我真正揣無。」

林美惠的選民服務也就包含了幫忙找充電線。

「無怪妳和恁翁咧感情無好。」男子說完之後，打了一個酒嗝，就在藤椅上陷進自己的背心睡著了。林美惠還想多補上一句話，但是來不及了。這是他們的世界要慢慢毀壞的徵兆，他們還以為國家會為他們鋪路，只要交得出成績催得出票，就可以一階一階往上爬。

「怪了，我說平時停在這裡的機車呢？」

「什麼機車？」

「平時都會有一排車停在這裡。」

林美惠照常到巷口的便利商店去，她和校長夫人約在那裡會合，兩人再慢慢走到說明會會場。代表卸下職責之後，校長夫人成了林美惠的另類智庫。林美惠千方百計想讓代表找點事做，校長夫人勸她別擔心，像他這樣有野心的男人會找到自己的出路的。她反問林美惠，當初為什麼要嫁給代表，不就是看重他被打敗可以馬上爬起來的性格嗎？

校長夫人和林美惠在便利商店裡盤算好了現金。她們用橡皮筋把鈔票束了起來，避免年輕小伙子說得太好，引誘她們花太多錢。

「你有看到新聞嗎？」

「有，鬧得很大呢，每一台都在播。」

她們倆在馬路上硬是要走成一排，還好路上沒什麼車。

「代表有什麼打算？」

「還能有什麼打算，繼續顧電視，看後續怎麼樣。」

她們走上樓，門是鎖著的。她們以為今天的講座延後，站在門口繼續共商國事。

「沒打算？我們本地出身的院長被拔掉了沒打算？」

「我們在地方而已，除了支持能做什麼呢？」

「你們不該知道一些什麼……內幕嗎？」

「我不知道。幹嘛這樣看著我，我騙你做什麼？」

「不過，現在正是時候……」校長夫人說，「……證明我們也是有用的啊，你想想看你們那邊幾票，幾個人湊一湊，不就破萬了。」

「你講的話跟他真像。」

「前總統當選也才贏那麼一點，兩萬票還是三萬票，咱村的人口欲超過三萬人了，你說我們重不重要。」

校長夫人很興奮的說話，林美惠就只是焦急的等著。這麼多年以來，總算輪到她了。工人們會把拆下來的招牌賣到收歹銅舊錫的回收廠，他們會用鐵鎚把印著代表名字的壓克力板敲碎，或者壓克力板太大了，他們用鑽子鑽。楷體的漢字會變成塑膠顆粒和割人的堅刺，只留下燈箱的鐵座。這招牌用了十幾年，幾次颱風都沒有被吹倒，想必鐵座還是十分堅固。它能牢牢抓緊牆壁，盡責的撐起任何的另外一個名字。

從樓梯上看過去，是一張微笑的臉，和象徵家庭的屋子。說明會現場的招牌還在，門卻遲遲沒開，校長夫人和林美惠死守交通要衝。有人向她們打招呼，發現門沒有開就掉頭了。也有人如同她們不死心，站在樓梯間繼續等待。人越來越多，她們就不便聊選舉的事情了。幾個歐巴桑急了，大聲問有沒有人帶行動電話。熱心的林美惠把電話奉出來，撥打印在玻璃上的電話號碼。一些人不相信無人接聽，把電話要過來再打了一次。

校長夫人大力旋轉門把，手都擠出皺紋了，門還是堅固如初。眾人輪流旋門把，有人朝裡面拍打。

向。

「今嘛欲按怎？」

「啥物今嘛欲按怎？」

四五個人面對面互相詢問。有人一週之中最期待的就是說明會，撲空之後頓時失去方向。

「錢是省下來了。」也有人說。

「是啊，我們走回去存起來。」

「之後也不會再有說明會了吧？」校長夫人低聲向林美惠說。

「今天到底是啥物日子，奇怪代誌這呢濟。」

不只是那條波及本村的大新聞。林美惠告訴校長夫人，就算她拆掉代表的招牌要挫挫他的銳氣，他竟然一點都不生氣。

「這下要去哪裡？」

「我沒有事可以做了，校長去校友會聚餐。」

「我也是，代表說他去了中山堂。」

林美惠是騎機車過來的，但她只有一頂安全帽。校長夫人要林美惠乾脆坐她的車，到處去兜兜風，等到時間到再各自回去。

「到底為什麼關了呢？」林美惠對自己說。

「這種說明會總有一天要收的，天下沒有不散的筵席。」

「這下得找些什麼事來做了。」

「我想你很快就會找到。」

校長夫人提議去市內逛百貨公司，但加上來回時間恐怕會耽誤晚餐。林美惠說，那不如在鄉裡晃晃，順便踅去中山堂，看看代表到底在搞什麼鬼。

本地幾十年來沒有多大的變動，到底有什麼好逛的呢？自林美惠的父母出生以來，火車站就在這條彎道上，頂多只是換了燈箱和外牆的磁磚。好看的建築也就只有農會大樓，石頭雕刻的窗花被裝上了冷氣分離機。而中山堂早已經是半個危樓了，黨部撤掉後租給桌球社，開班招收學童，還到外縣市去打比賽。一日洪老師打著打著，天花板掉下來，就再沒有修了。

林美惠的腦海裡還有中山堂剛竣工時的模樣，新的象牙白外牆，對稱的方窗，上面等距插著國旗，四正而威嚴。那時她和代表剛結婚不久，那時他叫做什麼？青年團幹部之類的。他穿著結婚時的那套西裝，他只有這件體面的衣服，還是她帶過來的嫁妝。林美惠和他一起坐在鐵椅上，禮堂有如寬闊的戲院，比戲院還大還壯觀。他們看著台上的老縣長站在抱著喇叭銅管的樂儀前面，那時他還不叫做老縣長。老縣長說話、黨部主委說話，用他們不方不正的舌頭進行著。林美惠坐在最後面，並不能聽很清楚。但她無法不去注意樂隊頭盔上整齊的絨毛，如一支一支有秩序的雞毛撢子。代表在她旁邊，興奮的指著台上的人對她說，那人是農會的、那人是黨部的、誰誰誰又是水利會的。也許從那時起，代表就有了無限的膽識和抱負，就算他出身不如台上的人。

等到她們再到那裡，林美惠和校長夫人不敢相信自己的眼睛和車子的後照鏡，一定是其中一項出了差錯。中山堂已經沒有油漆只剩裸露的水泥，民眾服務處的掛牌生鏽了。但人聲把中山堂妝得像新的一樣，似乎回到剛完工剪綵的那天。四周停滿了廂型車，車上貼著各家新聞台的符號，電視上看過的大多都有。她們只能把車停在圍牆外，再走一段路進去。一群年輕人圍在中山堂門口，各個梳裝整齊，眼睛卻和他們這些老歲仔一樣浮腫。也許他們該試用一下說明會上的保肝藥，除了可以消除黑眼圈，還能降低癌症風險。

林美惠捏著皮包，穿越一層一層的麥克風。她先是看到了銅像的頭，才看到了代表。代表站在台階上，身邊還有許多來家裡泡茶的熟面孔，農會幹部、隔壁選區的代表和幾個村長。和代表有些過節的黃仔派，也和代表牽起手來。

——身為國民黨四十多年的忠實黨員，我們為黨努力打拚，沒有鬆懈的一天。我們不能忍受這幾年來高層的惡鬥，更不能忍受突然拔掉本地出身的院長……

當台上的人講起那時怎麼為黨奉獻，台下的表情就複雜了。有些人用手摀住嘴巴，有的眼睛對著台上不敢轉動。各自想起頂著太陽發傳單的日子、在軍中匍匐前進的日子、將選票蓋到紙上的日子。年紀長一些的，用皺巴巴的雙手撐著下頦，頭打著節拍啄龜[2]（tok-ku）。

有些稍微冷靜一點的不禁想，他們都退了黨，那院長還有基層黨員的票嗎？為了要反抗體制，還是得待在體制裡面不是嗎？但現在來不及阻止了吧？

——我們已經對黨感到失望，黨已經喪失孫中山、蔣公、蔣經國的精神，淪為惡性鬥爭。

林美惠替自己的丈夫感到些許驕傲，回家她一定要看播出，也許會在晚間新聞最熱門的開頭十五分鐘。但她同時又感到憂心，他們將要離代表所謂的政治越來越遠了嗎？退休的一日要到了嗎？

——連為了黨付出這麼多年的老黨員，也可以講辭就辭，這咱絕對袂當接受。

一支麥克風就讓禮堂嗡嗡作響，他們輪流站到麥克風架前面，用不同詞彙重複同一件事。換到代表站到第一排去，林美惠見他用手拉平自己的襯衫，努力將舌頭捲起來說話。已經有許多年沒有這麼多雙眼睛看著他，還有鏡頭和鏡頭後面的幾百雙眼睛。他站定腳步，把嘴巴湊近麥克風。

2 打盹。

——我們現在宣布，我們要退黨抗議。

誰也沒有看清楚。

「太快了、太快了，重來一次。」底下幾個少年人對台上喊，他們的攝影機都對準放大再特寫，但恐怕要調整成慢動作才能播出。

紙片像下雪一樣散落，又或者像撒鹽。林美惠不會形容，但她知道代表房間的意義了，他練習多時就為了這一刻。

沒有辦法重來了。

林美惠要校長夫人先回去，她要留下來等代表，等記者會和所有後續都真正結束。代表走下台以後，一些小伙子圍著他問問題，他握起拳頭面對他們。想必是在呼告，在反抗，內容不外乎他們在地方上耕耘多年，他們為黨付出多於黨給他們的栽培，因此他們得以理直氣壯的站在這，同進同退。

這麼多年下來，林美惠累了，他們都累了。她不懂為什麼代表有無限的精力來做一件更大的事情，卻連自己的身體都不顧。他們都一直很努力，代表每天睡不到五個小時。若有什麼車禍意外，都會起來趕到現場，而且盡量不吵醒她。她知道他盡量了，很早開始他們就分床睡，但還是在同個房間內。林美惠仍然會察覺代表的關門聲。幸好孩子都長大了，一個去高雄一個在台北上班，不用再做早餐，否則她鐵定睡眠不足。

她不擅長在一分鐘內和人打成一片，沒辦法幫代表太多忙。白天在廠裡打打電話，排排行程，偶爾找到空閒時間就用公司電話幫代表聯絡事情，同事們沒敢說什麼。至少上班穩住了家裡的收入，也不至於耗掉太多體力。當初這個工作就是講進來的。

回到家，代表若在客廳，大概也就會有一群男子在談事情。屋子裡滿是聲音，偶爾會爆出大笑，桌子被拍打得咯滋咯滋作響。即使上二樓，還是會聽到，透天厝的樓梯間簡直就是傳聲筒，讓她無法休息。

現在代表身邊站滿了人，麥克風、攝影機都往他身上擠。她不是不願看到自己丈夫發光發熱的樣子。也許是今天沒有買到米，也許是之後沒有說明會了，她總覺得不對勁。他太過平靜，身上的襯衫熨得十分平板。別人見了他會怎麼想？你有一個會燙衣服的妻子。但這都不如張議員有個凌厲的妻子，買收的事幾乎都靠張太太。

她抬起頭看中山堂，這麼多年了她很少再回來，國中的禮堂翻新之後，村裡的活動早就不在這裡辦了。拱門上露出鋼筋，破掉的窗戶前積了幾灘水。許多人不在了，兒子女兒靠他們選舉上班的錢獨立了，他們還在原地。真正出頭的早都搬走了，去高雄市內、去台北、去美國。

「你哪會佇遮？」代表看了看周圍，再看了她。

「我原本欲去買茶，結果茶行今仔日無開，我就踅過來看。」

「怎麼不先跟我說？」

「我怎麼敢跟你說。」

「你講，我拄才看起來按怎？」

「真好，真媠氣。」如果早個五年十年，她也許會誇他緣投或是飄撇。

「閣有啥物代誌無？」

「你敢閣有啥物代誌？」

代表又回頭看了一圈。禮堂裡的人是散了，只剩下一些抬桌子、摺鐵椅的工作人員。

「咱轉來乎！」

代表走過去跟收東西的人打招呼，連連的說辛苦了、辛苦了。他拍拍他們的肩膀，給了他們沉而有力的一握。林美惠在旁邊也跟著幫腔，說感謝你們的幫忙。

走出中山堂時，代表和林美惠才發現，他們誰也不能載誰回去。林美惠暫時不去管停在便利商店的機車，明天要買飯的時候，她再走路過去牽。她和代表一步一步向路上去，反正十分鐘就可以走到了。現在代表是真正退了，但他不會退卻也不會退縮。在路上，代表一直問林美惠，你說我下次還有沒有機會？而她只是在一邊聽。

# 路竹洪小姐

透中晝。輪胎留下印痕，點仔膠黏著幾隻蒼蠅。

牠們聞見地上的狗屎，一時興起跑去吸吮，就黏在上頭了。

「掛號，路竹洪小姐……」郵差大喊。

延平路57號。

延平路57號！

府城和鳳山城半途的一個古老街庄，單線道兩旁的商行、米店並肩排隊。一家一家的種子農藥行生意沒有想像中那麼冷清，種田的人不多了，但仍然有人上門，若以前一樣。

整條街上看民視的阿嬤、曝衣的阿母、滑手機的妹仔都探出頭，她們都是洪小姐，卻遲遲不見信件的主人。

「喂……喂喂，洪小姐！」

洪小姐直面映像管電視，電視框裡有一座層板搭的那卡西舞台，了無變化的水晶球慢速迴旋。

是叫做東南西北的地方台，邀請各位鄉親父老兄弟姊妹 call in 來做伴。來自台南的劉小姐身穿菜市牡丹大花布，頭燙寶島曼波大鬈髮，扭臀緩緩步上用雲彩紙剪的「為你來唱歌」布景。珍珠在 spotlight 底下閃閃發光，她拉了一下頸鍊，清了清喉嚨。

「今仔日欲來唱這首，〈Radio 的點歌心情〉……」黃色楷體如是說。

洪小姐怕吵到睏中晝的阿爸，搬了一個小垃圾桶在客廳慢慢磨自己的指甲。桃紅色的夜市塑膠桶張著嘴巴眼看研磨的碎屑就將要掉下來。塑膠袋被碰到，顫抖了一下。

她不時抬頭看螢幕，同步律動，和劉小姐重新連線一起搖擺。

「你敢有咧聽，這个人的……」螢幕上字字被挖空，留下的米飯白，桃紅胭脂逐步吃食那一口一口的飯。

郵差拍打鋁門窗，聲聲催促聲聲喚洪小姐。整條街的洪小姐都有些心驚，以為有人打在自家的門上。

是一棟老透天了，鐵捲門、灰騎樓、白石柱、大理石壁面，大哥、大姊、二姊、小妹、阿弟，一張一張的全家福婚紗照都以此為布景。洪小姐家世不差，祖父母有幾甲田地租人種作，儉一寡錢予阿爸去讀日本冊。再回來的時候，已是新時代。新時代，於是在此造新厝。那時候是自己募工人找材料起造的，阿爸相當前衛，面道路的那一側只用落地玻璃門。晚飯後散步經過，可以很輕易的瞥見洪小姐和她爸一起看的八點檔。但郵差先生只能看著洪小姐磨指甲，在門廊三讀宣布到郵局招領。

歌畢，觀眾起身鼓掌，啪啪啪，每一下打的都是落空的爆米香，洪小姐正好現此時轉頭過去……

現在整條街都知道洪小姐有祕密信件。

收到信後洪小姐沒有遲疑太久，就牽著她的小五十走出騎樓。以前很時行用歐兜邁當嫁妝，這台某種程度也算是她的嫁妝，阿爸先買給她希望能帶到她未來的翁婿那邊。小五十方便輕巧，不用考照，踩中柱不用男子幫忙出力，籃子足夠裝她和阿爸兩人份的菜。除了噴漆褪色、引擎運轉聲大了些，板金依然整整齊齊沒有一點凹痕。

阿爸早上五點就會起床，坐佇董事長椅靠在他的大木桌桌沿翻看公文和權狀，所以睏晝特別沉穩。

洪小姐很少騎往火車站去，所以手拏得有些搖晃。一拐一拐的龍頭會經過老診所、金香行、棺木店，還有一段有地攤的舊集市，接到日本人開鑿的那條產業道路直直行，之前發草生蠓的空地現在搭起鐵皮做大型超市。然後來到一個近九十度的大轉彎，把方向都搞得東倒西歪，就可看到踞在彎道中央的火車站。

拋光磨石子地板，挑高素面廊柱，平平的水泥屋頂上掛藍白的燈箱，就是一座車站了。兩根石柱跨開，形成一道吸收電子時鐘的玄關。洪小姐對這座門記得清楚，上一次來搭車也是這樣的，已有油漆剝落，已是無比華麗。

但她並不是沒有準備。自那一天起，她就每天喃喃複誦，看著化妝鏡裡自己的嘴唇，想想螢幕中標準國語主播的嘴唇，比對那兩片紅肉如何優雅的蠕動。

仍然是「多遠、多遠」。

那一日，老透天的玻璃門沒有關，只闔上紗門，南國的冬日不是太冷，日頭把風加溫了再送進來。陽光透過電火柱惦惦躺在洪小姐的腿上，只有庭院的香蕉樹淒淒簌簌。

地板上的網格出現人影。洪小姐抬起頭，望見一名黝黑的男子。走近一看，沒有想像中黑，大概是背光的關係。他手裡抓著一份報紙，背後背登山包，身形在枯瘦的村落可以被稱作魁梧的了。

洪小姐打開紗門，開出肩膀一樣闊的開口。男子只花了三分鐘就說到重點，不傷手、純天然、溫和中性、美好的洗碗經驗。洪小姐點點頭，意思是你可以繼續說下去。

電視機剛好播完一首歌。

「啥物貨？」

洪小姐那天穿一件米黃色有領的 POLO 衫，顏色和那台亮麗而老舊的小五十一樣。

他對洪小姐微笑，低下腰，像一架籃球框那樣，遞上一小包試用品。

「啊嗚呦，辣辣。」

洪小姐意思是很熱，請他進來坐，喝個白滾水。她張大嘴巴，手勢誇大，怪不得有人說盲人看起來像智者，而聾者看起來像愚人，儘管這實在不太正確。

洪小姐往後了一步，又往前半步，接下那包試用洗碗精。冬日的太陽還是折磨人的，尤其當你沿著先人的古路走過隔著稻田和工廠的村庄，路途中沒有任何高過一人的影子。停機車的斜坡上還有人在曬白菜花，一朵一朵像星星一樣散著。他走完一條路，洗碗精還是同樣重。

男子從耳後拿下一個像貝殼的東西，他把那朵貝殼放在入門的桌子上。

他似乎很少進到別人家裡，忍不住東張西望的看厝內的電扇、木桌，把周遭看熟了一遍才停下來。

那天洪小姐也只是和推銷員用紙筆對談了一個多小時。洪小姐的筆都是競選期間發的，上面印有台灣向前行、正道理性、益國益世等等。她撕下日曆上已經過去的日子，在那些日子背面一下橫一下直的胡亂寫胡亂問，賣這個累嗎？一包多少元？

好用嗎？怎麼這樣貴？

推銷員寫說這邊的歐巴桑精打細算，看到試用包很是開心，但是抱歉她們都用白熊。

更多的是沒人在，他往裡頭叫了五聲，如果沒聲沒響，就繼續往下一戶去。他懷疑有一些早是沒人住的空屋。

小時候我大弟破病，我聽不見。

和你有關？

家裡附近有警察，大弟不能看醫生。洪小姐向窗外指，那裡是倒掉的柑仔店，早已沒有人。

什麼人做錯事？

我也不知道。

我背大弟去台南看醫生，偷偷。然後去到台南我也發燒，一樣的病。

這就是為什麼洪小姐下巴抵在窗口，拚命往裡頭說「多遠、多遠」。她用嘴巴對著那片壓克力的缺口，發出大於買票這樣溫吞的動作應有的音量，後方列隊的旅客也都聽見了，但沒人靠過來說我知道她要去哪裡。她每說完一句話後又低頭縮下巴，露出眼睛來看裡頭的人的唇。

車站站務員是住在村尾的洪喜郎，從二十五歲考上台鐵專員以來就獨占廂房至今。洪小姐覺得那裡是蜘蛛洞、夜婆巢。他聽見額頭叩到石桌發出的空心聲響，接著露出一隻眼，魚尾的波紋淺淺的，眼睛裡反射出洪喜郎肩後的燈泡。哎呀那不是路竹洪小姐嗎？他坐在這裡，同時也意味著自己是村裡的核心，是那些真正住在村裡的人，他幾乎認識所有人，就算是那些一生只搭一兩次火車的他也記得。早晨通勤時間，他知道誰背著南一中、雄中的背包，他向他們打招呼，勢早、勢早，去上課啊。這裡的人以無需多說的話來打招呼，例如天氣或重播的新聞，並在背後加一句：「你敢知影？」通勤的高中生裡面有一半後來不再搭火車了，另一半帶著孩子興奮的來車站看火車，放任孩子在大廳奔跑，自己則像少年通勤時在塑膠椅上睡覺。洪喜郎對他們說：你們怎麼還在這裡。

這可新奇了，洪小姐來搭車。洪喜郎要記下來，下班後在一桌的番茄炒蛋和醃肉前同妻子說。

即使速度不快，隊伍的人龍仍然累積起來。一旁的自動售票機乏人問津，有人提著菜籃，還有幾個穿戴趴哩趴哩[1]（ぱりぱり）的外勞仔。單一窗口的洪喜郎被逼得需要處理搭搭的踏腳聲。他請洪小姐到後面等一下，洪小姐唉了一口氣。

出售了幾張到高雄的區間之後，他回到積滿資料夾和滾輪椅的方桌後面，攤開一張台灣省地圖走出廂房。「要去哪裡？」洪喜郎聲音不自覺的和洪小姐同調起來。洪小姐拿下

1 嶄新、帥氣或漂亮。

眼鏡，眼睛像路貓一樣瞇成一條縫。

要去桃園。終於懂了。但區間頂多跑彰化屏東，小車站每兩三小時才有一班莒光。等車這段期間讓洪小姐有各種理由退縮。她把票根收進皮夾裡。可是這不是區間小票，是大張的。她不敢摺票，只把票平放到鈔票夾裡，又因為不敢摺疊皮夾所以決定不放進口袋。

車站後頭是一間飼料廠，飼料塔少說十層樓高，是村落的天際線，洪小姐曾經想爬上這座高樓大廈去看看。綠色的塔上印有彌勒佛商標，他的耳垂和鼻子一樣大，對著車站來去的人笑。遠遠看到的那些田地，一度有許多人把它們改成雞舍，為的是賣雞肉而不是雞蛋，雞多雞屎就多，吃雞屎的蟲也必定跟著多起來。年少時洪小姐參與過那些臭味繁忙的季節，一季一季都不同而鮮活，令人作嘔得多采多姿。她在飼料廠裡遇到清波仔，他曾經註記在洪小姐的身分證上。

註記完之後，他們住過高雄、台中，最遠跑到板橋。他們翻報紙上面的工作欄，租車站附近旅社倒掉改裝的便宜房間。

最後還是回到老透天來，空蕩蕩的厝以前不知怎麼擠得下阿爸阿母和六個兄弟姊妹，蒼蠅在紗窗上扭動肥厚的唇瓣，兩片紅肉好像在咀嚼好像在說話。她躺在自己的榻榻米房裡，扭動下半身子，把所有的懊悔和鬱熱都憋進去。上衣被電風扇吹起，掀到了下巴，但鬢角仍有幾滴汗。

蒼蠅走了，洪小姐聞到了一股腥臊味，像久未清理的雞舍猶原在。她趕緊起身去便所沖洗，努力在手上搓出泡泡。

要小心。偶爾，大弟會來，住隔壁街爾爾，很近。也就剩他們在這裡了。就洪小姐背他去台南，那時有些路段還是石子路，要過二仁溪得上一座很陡的橋。現在一見面就吵。

大弟說洗碗的時候要先洗阿爸的，再洗盤子，最後洗裝湯的鍋子。他用手指這個，這個，然後那個，嘴唇張得誇張，要特別強調洪小姐是聾子。

但洪小姐習慣把全部放在鐵鍋裡一起泡，安欸好，這樣好。洪小姐提高音量，也怕大弟聽不清。

安欸謀好，這樣不好，會得病。大弟的手像跳街舞的少年人，想把他的意思乘上三倍，但仍然是原來的樣子。洪小姐用手指自己的腦袋，用指甲扒頭皮，意思是扒袋。

倒是大弟的孩子知道她。她都叫他阿寶，和大弟小時候一樣黑黑矮矮的。

幹幹幹！大弟吼了幾聲就坐到藤椅上，洪小姐搶去他手上的鍋子。

阿爸只坐在辦公桌前看飯後新聞，玻璃桌墊映出他的影子，幾十年不變都是中視。他沒有皺眉也沒有噴氣，一身白襯衫端坐在董事長椅上，兩腳像銅像直挺挺的踏在兩格磁磚上，這是他面對噪音的方式。

15:37 洪阿麗 我和大弟吵架了又一次 已讀
15:40 林榮彬 不理會他 已讀
15:40 洪阿麗 對不理會他 已讀

洪小姐每早去市場會經過公所，公所布告欄左邊總是坐著一個自己拔菜來賣的阿婆，洪小姐喜歡光顧，順便下去看租屋的廣告。紅單下面會印上房東的電話，剪成一條一條讓有意的人撕去。洪小姐試著撥打號碼，但對方都因為溝通過於費力而放棄。大部分的人也知她是村頭洪老闆的女兒，一個查某人沒家沒業到外頭去，也沒人敢租給她。

15:42 洪阿麗 會再來這裡嗎路竹 已讀
15:44 林榮彬 那一區已經跑完了可能不會 已讀
15:44 洪阿麗 在哪裡上班 已讀
15:46 林榮彬 高雄 已讀
15:57 洪阿麗 我去過很好玩我妹妹也在高雄上班 未讀

推銷員來過之後，她央姪子阿寶幫她辦了一支手機。她突然出現在大弟家門口大叫，阿寶，電信局！

姪子有些遲疑，這個年代還有電信局嗎？她大聲說話的時候嘴角咧得很開，穿過她殷紅的臉頰。

洪小姐花五分鐘穿戴袖套、圍脖、戴上口罩，最後再套進她的紫色全罩安全帽，以時速二十之姿帶著阿寶往大雷達出發。姪子會錯意了，以為她只是要可以寫寫簡訊就好，擅自替她省下行動數據的費用選了零元機。

後來洪小姐又來了一次，手拿一張寫「LIEN」的紙條，這個這個，我要。姪子端詳了一下也是看懂了。

沒網路，姪子雙手一攤，洪小姐聳聳肩，這是啥物？

洪小姐念不出字的標準音來，姪子幫她全改成手寫輸入。洪小姐細長的食指在揮舞，稜角都頗有秀色。她以往在飼料場上班的時候常抓緊空檔時間寫紙條給隔壁的女工，頭家看到洪小姐咿咿呀呀的在生產線上寫字，雖然心裡很不快，可曾想讓她進辦公室當祕書抄抄書信才不致浪費那樣的筆跡。

拖完地等地板乾的時候，洪小姐坐在門廊上看雲的顏色漸漸變暗。一整日她沒說到幾句話，現在她急急忙忙的加入一堆聯絡人，大多只是住在隔壁的洪二叔、阿雀洪等人。也還有那天來過的推銷員。

訊息：阿寶回路竹否今晚和爺爺吃飯回答
訊息：沒有，和同學打球 XD
訊息：不懂 XD 這個英文

後來她意外發現麥當勞有網路這個東西，所以喜歡吃薯條。那也不算太鄉下，雞舍正熱鬧的時候還曾有兩座戲院，你不會說有兩座戲院的地方是非常庄腳。但後來都倒了，曾經有一段空窗期無聊的孩子無處去。省道旁蓋起了麥當勞後，孩子才又有一個值得嚮往的神奇的地方。

阿爸每天下午四點到五點去公園運動，洪小姐等阿爸揮動雙手的身影消失在路底就牽出小五十。總是遇上不同的工讀生，點餐一陣混亂。麵店、肉攤、菜販老闆都早已知道她要什麼，麻煩少很多。不是每個人都知道薯條、雪碧、可樂的台語怎麼講，更不是每個人都知道洪小姐的版本。耗費一陣力氣之後，她只單點一些小東西，洪小姐覺得沒有什麼不好意思的。

麥當勞冷氣強，她總是多帶一件外套，選一個靠窗的吧檯位置，像一名城市的上班女子。

15:31 林榮彬　在做什麼？已讀
15:32 洪阿麗　喝可樂你寫字我歡喜，你呢？已讀
15:33 林榮彬　工作最近逼很緊，錢的事 已讀
15:35 洪阿麗　辛苦了 平安（附上花朵圖：有苦有甜才是味道，有山有水才是風景）
已讀

推銷員說，他大概在四五歲時候才被發現耳聾，他媽媽是不乾淨的人，也可能是和喝酒有關。但還好機器對他來說有用，這是他的幸運。

15:39 林榮彬　你的幸運呢？未讀

時間一到，洪小姐自動歸位，隔日他們也不延續那天未結束的話。阿爸到厝門口時，洪小姐正拿衛生紙沾水，蹲在門檻上擦一雙淺口紅皮鞋。

阿爸雙手拉著脖子上的毛巾，走向洪小姐，想要說一些什麼，又走了回來只自己喃喃。

紅鞋走過許多地方，皺摺的地方累積一條一條汙垢，洪小姐使盡力氣，越是用力擦越

是有白色紙屑。洪小姐嗟嘆唉呀，挑高的天花板也嘆了一聲。

阿爸從綠色的郵箱裡拿出幾本獅子會刊、市政專刊、地政會刊，都是一些免付郵資印刷品，收件人洪齊雄。它們累積在阿爸的辦公桌上，占據了右邊一大半。早就退休了，阿爸還是照常坐上辦公桌，有時間就會翻開它們。有一些雜誌以前得躲躲藏藏做沒幾期就收了，有一些到現在還按時寄過來。

新的政府推行睦鄰計畫，花了一筆經費整建公園，把掉漆的圍牆、三民主義標語、藍白色牌坊都打成泥灰。獅子鐘也是其中之一。

以往經過公園的人，只要稍微一抬頭就可以看到精神的時針分針，還請洪二叔題了「日新又新」大字，底下嵌落款人洪齊雄。

他把寬鬆的襪子脫掉，摺成小球塞在布鞋裡，走進厝內。洪小姐仍然坐在門檻上，吸飽了氣噘嘴吹紅鞋，黏在上面的細小衛生紙纖維像螞蟻一樣，在這大風中緊抓不放。

阿爸休息了一陣就會去洗澡，洪小姐過去把布鞋裡的襪球收起來，等洗完澡洪小姐也就會把菜都煮好了。

天光就要完全離開，只剩一點尾巴在路上跑。

「時間猶原真準。那個鐘。」

洪小姐面朝著狹小的馬路說。

「爸先該吃藥。」

洪小姐已經把日頭傾斜的角度記起來，很少抬頭看時計。等車的時候也一樣，車站天花板的橫梁上懸了一座大大的時鐘，讓人很難不去注意。但她一直眼睜睜的盯看一樣等車的人。車站挑高到兩樓半，和這裡其他建築比顯得寬裕，沒有冷氣也不是太熱。

偶爾，閘門口走出幾個人，那總是在列車停站的幾分鐘之後，有時久久才又走出幾個落單的。洪小姐注意到有些列車上印有ㄅㄆㄇ之類的號誌，卻又不太像。洪小姐看著走出閘口的人越來越少，感覺到了時間，差點就要去找洗衣籃了。

平時此刻她會到午睡的爸的房間門口，收集爸的襪子、四角白內褲、汗衫。再回自己房間，領起洗衣籃的小罩衫、蕾絲內衣褲，一起丟進洗衣機裡。爸的房間不放洗衣籃，他的衣服一件一件掛在門上的掛勾。灰色的洗衣袋裝爸的東西，白的洗衣袋裝自己的。然後去黃昏市場買一些水果，回來再晾衣服。

之前大兄還叫爸去看醫生，弄來一張巴氏量表請印尼看護，爸還沒到那個地步。但阿爸沒有洗過衣服，阿爸可能不會用洗衣機。

請來的看護後來變做幫傭，她叫做什麼，妮蒂吧，洪小姐總是念不好，台語裡面沒有這樣的音節。妮蒂就是做做家務，好讓洪小姐可以輕鬆。她告訴妮蒂好幾次，這個，這個，那個，那個，斷斷續續的，後來用便條紙寫成厚厚一小本。禮拜五用漂白水洗一樓地板，禮拜一洗二樓……就這麼簡單，兩人的關係簡直是媳婦和婆婆。洪小姐好幾次到街上喊妮蒂，現在回來攄地啦，你不可以在爸在的時候拖地請他把腳抬起來。從上個時代以來他就不做這個動作，他是個體面人。但也因為無法忍受不體面，做了更不體面的事。

她想等車還要一小時，回去丟個衣服再回來好了。坐在這裡久了如果遇到認識的人要怎麼辦呢？

她把塑膠椅上的提袋舉起來，也沒帶什麼，就一個隨身的皮包，提袋裡面塞了幾件衣服。

她經過穿堂的全身鏡，看到自己被穩穩妥妥的放在兩排紅字標語中間。很多老車站都有這種鑲在木框裡的全身鏡，有人說是擋煞有人說是整理儀容用。走進車站的人先看到的是自己，兩邊寫一些「時代考驗青年／青年創造時代」等等的喊話。上面刻十二輪太陽國徽，國徽底下的她的臉，好像好久之前的事。

她特別穿了裙裝，平時這樣是不大方便拖地掃地的。她不特別抱怨自己的樣貌，沒什麼人好講的，同時她也喜歡自己這個樣子。

15:21 林榮彬　很好看 已讀

15:23 洪阿麗　我以前也好 已讀

## 15:24 林榮彬 也好 己讀

洪小姐呆楞在那裡，嗡嗡嗡的，好像鏡子可以將聲音反射進頑固的耳膜。額頭上的確多了兩條刻痕。平時她在自己的榻榻米房間內照鏡子只開一盞黃燈，現在是清楚了。她習慣性用抬額頭來告訴你：我很生氣代誌大條了。她不知道要用什麼字，嘴裡像塞了好幾口下過雨的爛膏糜在泥地裡打滾。又像是騎車經過雞舍，憋不住氣換口氣時吸到夏天太陽加溫過的糞味。她手握拳對虛空破口大罵。阿爸在辦公桌前還有權狀、文件要看，卻得跟她共在一個廳內。他把手指直立在嘴唇前面，噓。

但她不厭惡自己的皺紋，在她身上反而透露了某種時間的韻致，她穿著束頸的套裝，裙襬正好在膝蓋底下，一株細瘦有紋路而靈動的樹。

她本來想戴項鍊，但她沒有機會走進銀樓。舊的那幾條她總是以為妮蒂偷了，對妮蒂吐糞一樣的罵，妮蒂偷偷躲在神明廳抽鼻涕。阿爸只圖耳根清淨，最後妮蒂是不得不被送走了，對洪小姐來說至少又開始有事情做了。

阿爸早年也曾想過要給洪小姐嫁個丈夫，期待她免除這樣的壞脾氣。同是臭耳人的大弟在近四十時也娶了，很晚，但是還來得及。阿雀洪住在同一條街上，多多少少也有些親戚關係，除了拉保險另外的業務就是做媒人。至少一個正常人，爸這樣託付阿雀洪。

但想不到洪小姐就這樣消失了一陣，阿雀洪只好推辭，有前科難做，硬來好像颱風天前要搶收菜一樣，會自毀聲譽的，還是緩緩。

洪小姐和清波仔沿鐵路一個一個城鎮的向北，在停留的地方找工廠做臨時的工作。其實和留在飼料廠做的是差不多的事，卻得忍受床墊發霉的臥房。一些念頭繞著她，會不會阿爸出門去找她不細意被車撞，總是會有砂石車路過。又或者發病，心臟病中風高血壓，有好多種病。清波仔也沒有怪洪小姐，他自己的確偶爾喝酒。

「一定是予人騙去的……」阿爸說，「……我欲告伊。」

「人轉來就好，」阿雀洪說，「天公疼戇人，人轉來運氣算真好矣。」

聽到這裡阿爸說不出話來，大家情願以為阿雀洪就是在安慰他而已。

之後洪小姐又鬧過離家一次，有外地來的投資客在科技學院附近蓋公寓租學生，洪小姐算一算發現用津貼去付還有剩。回家之後跟阿爸說她找到房子了，她主動答應每個禮拜仍是會回來清掃一次。

阿爸問了關於房子的位置、房東的聯絡方式。過幾天洪小姐將要把衣物家具都收拾完畢之時，房東卻說租出去了。

以後洪小姐安安穩穩的在老透天待下來。阿母還在的時候兩人輪流煮飯，阿母做菜的時候就在旁邊發楞觀看。阿母過身之後，剩下的都落在她身上，一天中大部分的時間就在掃把鍋鏟之間來來回回。最長的空閒是午餐之後掃完地到晚餐前的一兩個小時。

那種時候電線桿的影子移到路的另一側，厝內不開燈也可以翻書看字，她從廚房裡拿出蒼蠅拍，守在靠窗的藤椅上，把黃頁靠在茶几上一頁一頁翻。她很喜歡紙頁搧出的味道，像舊時鋪在路兩旁的稻草。她照著分區在腦中把水果店、五金行、家電、雜貨鋪逛過一遍，若發現新開的店家她就把電話和住址抄下來，提醒自己下次出門可以注意看看。

她也會認真的讀完郵筒裡的廣告傳單，讀完之後收在茶几底下，沒有一點參差。眼睛痠了的時候闔上黃頁簿彎下腰去把廣告傳單拿出來。她一張一張對摺，用力把指甲壓在摺線上，然後沿斜對角翻成帽子一樣的形狀，再用兩隻鵝頸一樣的手指慢慢捏。廣告傳單成了像珠寶盒一樣平順的垃圾盒。這些垃圾盒逢年過節大家回來聚餐可以拿出來放魚刺、雞骨頭、瓜子殼。

偶爾瞥見幾隻蒼蠅停留，她揮出腋下夾住的蒼蠅拍順手了結牠們。雞舍和食品工廠早都空了，卻沒有拆掉，可能是不想多花一筆錢。但蒼蠅沒有跟著走，停在紗門上舔舐，嘴唇像戀人一樣熱烈。惡臭飄散的時候，延平路上的人家才出來掩門，人人都在害怕那些空蕩雞舍的鬼。阿爸半夜偶爾還是會聽到雞叫聲。有孩子不小心闖進籠子構成的都市裡，媽媽洗不去他們身上的臭味。

也有一段時間，警察像原本就長在那裡的香蕉樹站在屋外。風吹過來，窗戶上香蕉樹葉張狂的跳舞，樹葉的影子在牆壁上一樣的瘋，大弟在黑影的籠罩底下哭了。阿爸要年少的洪小姐用甜粿將他的嘴堵住，然後端茶出去給警察們喝。那時她已經聾了，從台南的病院回來，她以為警察在那之後會離開，但是沒有。

阿爸暫時關閉代書事務待在厝裡，只有年少的洪小姐得以出門買菜，她提一整家的飯菜覺得累人，麻袋壓得指尖發麻。但後來麻袋漸漸輕了，她可以有多一些時間從市場散步回家。那樣有一兩年之久，或是更久也說不定。後來阿爸決定好好合作，警察也就眉開眼笑的走了。

有了手機以後，她可以來來回回的按輸入、取消、退出，那樣的時間很快就被耗掉。她花了一個禮拜才學會如何傳照片給別人，或者說給推銷員林先生。但如果遇上大拜拜一忙起來，洪小姐就常漏掉幾個訊息。隨著日子接近，洪小姐把撕下來的日曆紙依序堆好，用手肘把日子和日子中間的空隙壓平，弄得好像是一本新的日曆一樣。這樣大家回來團圓時她就能在紙上和大家聊天。

她累積了好幾日的已讀不回，林先生在想會不會就這樣結束了。

大家都回來了，大哥、大姊、二姊、小妹、阿弟，還有他們的尪某，他們的囝仔，囝仔的囝仔。大家圍在客廳的茶几上，洪小姐時常為他人帶來幸運，大家總要跟她去簽彩券，買刮刮樂也要她挑。最小的幾個囝仔站著興奮的抖腳，負責拿錢幣刮開銀漆，像在幫久未洗身軀的老人摩挲皺摺處的鉎。

門廳清出了一塊空間，架起了摺疊桌，他們沒有說話各自到該有的位置，往後退、手一拉，就都架好了。餐桌上，大兄、大姊、弟妹都像他們讀冊時一樣排好序，不會有人坐錯。孫子輩沒位置坐，便去客廳電視前面。大姊吩咐眾人切蘿蔔、解凍、洗菜，自己則在鍋鼎前面繫圍裙。年輕的女孩也進來幫忙備料。廚房裡只能騰出一個走道，地上擺了一盆一盆洗好的蕹菜、高麗菜、四季豆、白菜頭。

洪小姐反而沒有位置，在臉盆外轉來轉去，這個這裡，那個那裡。她以為應該是她來掌廚，畢竟跟在阿母旁邊觀看那麼多年啊。她只是比畫了幾下，又擱收起了手來。大家一邊做事，一邊問你那個現在工作好嗎？交女友了嗎？什麼時候帶回來看？他們想讓老透天多點聲音。

偶爾他們會問洪小姐：「刨絲器放在哪裡？」

洪小姐開心到有些慌張，箭步到大方櫃前面。佇遮，唉呀！嘴角展開來。

大姊做炒米粉，媽的手路菜。爸的假牙不斷摩擦滑潤的米粉發出刮黑板一樣的聲音。

也有新的人來加入飯桌，洪小姐為他們盛了一碗炒米粉，夾幾片烏魚子。他搖著頭說，不用了，不用了。

「還是媽炒的好吃。」大姊說。洪小姐跟著笑，離了塑膠椅，拿著筷子指指點點，吃這個啊，好，吃那個啊，好。大兄手揮了一下，像趕蒼蠅。但是洪小姐還是伸手夾起了一把炒米粉，不讓其他人有拒絕盛情的機會。

大家習慣每年一樣的炒米粉，也沒有人要看洪小姐寫字。

洪小姐用車站的免費網路發出了訊息。

13:15 洪阿麗　收到信了 未讀
13:16 洪阿麗　要出發坐車 你已不要講 未讀

信裡面寫的無非是一些肉麻的話。他一直在想為什麼她不回覆他的訊息，現在想要她在身邊，可惜這麼晚才遇到她，彷彿洪小姐看的那些《娘家》、《春風望露》。還有他們公司的營運狀況一直很糟，認真的很糟，挨家挨戶推展的效果非常有限，生活辛苦。如果她能借他一些錢，十萬也好，那真是件好事。

收到信後的洪小姐早該知道這一天會來，她必須事先思考。騙子不會寄信的，至少她這麼認為。洪小姐可以讀唇語，所以她上街買菜買衛生紙應付得來，但她不懂得人生這兩字的意思，所以沒有辦法拿它來當藉口。

批信裡說他決心離開高雄，去北部找一個機會，重新開始。他原本住的公寓的家具都不要了，只有機車會託運到北部去，所以會亟需一筆錢，並希望她匯錢給他之後去找他。信的結尾還提醒她，寄件人那邊寫的就是他新住處的地址了。

曾經她也很會討價還價，所以她和清波仔跳上了一班北上的列車，一路上兩個人的手都靠放在扶手上。忘記誰搭在誰的上面了，但都不覺得這樣的姿勢不舒適。

月台在南下北上兩股軌道之間，中間沒有機器驗票，偶爾才有站員會在那裡剪票，以前搭車可以從鐵柵欄的開口跳下去。站台大概半個人高，跳下去重力使得腳不得不彎曲，身體弓起來。踩在道碴和枕木上時，總帶著加速的心跳，喀啦喀啦的行過那停不下來的軌跡。

鞋跟踢在軌道上，發出鐵琴一樣好聽的回響。她很怕那雙紅鞋的鞋跟會卡在碎石縫之中。到時候就算想要把陷入的那隻腳提起來，反而會讓另一隻腳越是陷下去，想到這裡即使她不在鐵道上，也有同樣快的心跳。

這十年來重新搭了一座通月台的天橋，鋼柱鋼板赤裸裸的暴露在外面，和小村莊的形象不是很相符。洪小姐不用再擔心在碎石縫隙中無法自拔，也不用為了爬上月台將裙子掀起來。

但洪喜郎還是一樣跳下軌道，踩過石頭，走上月台，趁列車還沒來時去變換號誌。有囝仔想要這樣做，卻被他吹哨子阻止了。他們羡慕洪喜郎，囝仔們也想得到一塊墊在鐵軌的石頭。

在鐵道中央甩著帽子的時候，洪喜郎看見洪小姐停在天橋的樓梯上。很多人都反應過天橋階距太高了，尤其是那些去城裡買禮盒或乾貨的歐巴桑們。但洪小姐的表情似乎和買票時不太一樣。

飼料的玉米粉發酵過，卻能產生肉食久置的氣味。這股氣味形成了風，把洪小姐的裙襬吹起來，那是一件有皺摺的雪紡。洪小姐戴了一頂綁了絲帶的草帽，她把手伸到眉前，很像是要看遠方的火車，也像是和風拉扯那頂帽子。

洪小姐的父親來找洪喜郎的時候，他很是驚訝，「我確實是把票賣給伊，但是伊可能毋坐上車。」

也許阿爸再回去的時候，洪小姐一如往常的在門檻擦拭紅鞋。

他記得她在天橋上停了有一些時間，然後列車鳴笛了，他得前去轉換指示燈。他就看到她只是把手不重不輕的放在帽緣，一直沒跑起來，可能會來不及搭到車。

洪小姐在天橋上看著銀色列車惦惦無聲的接近，軌道震動，道碴震動，鋼筋做的天橋也震動。

蒼蠅聞到了黏膩的汗味而糾纏不清，洪小姐只是舉起手給牠氣流的提示，要牠能離開多遠，看牠能離開多遠。

那一年尾牙她抽到了一台傻瓜相機，是當時的大獎，同事們眼裡都露出欣羨，其他女工想用稍微便宜一點的價格跟她買，她說不。她去街上買了一卷富士底片，藏在包包裡面。到站後，清波仔叫她站在閘口，那其實沒什麼特別的，就是一排漆成紅毛土顏色的鐵欄杆。底片有限，不像手機拍照得以如此揮霍無度，洪小姐謹慎的微笑起來，把帽子摘下，雙手和帽子扶在小腹上，兩腳很典雅的交叉。

天橋震動，洪小姐的雙腳和胸口也感受到了。不快不慢的低頻，越來越明確，越來越響，有節奏。

拍完照之後，清波仔叫她哼一首歌，她一開始說不要，講話都講成這樣了。但清波仔堅持無論多麼難聽難懂都哼一首吧。

「火車行到伊都啊嘛伊都——」她不自覺的唱了童年的一首歌。列車從底下進來了，整座天橋都在共鳴，喀啦喀啦的響，洪喜郎聽不見了。即使信上的住址可能是假的，她也要看火車能帶她去哪裡。

本文獲二〇一六年打狗鳳邑文學獎小說首獎、高雄獎

九　歌　文　庫　　1　2　9　5

# 等路

國家圖書館出版品預行編目 (CIP) 資料

等路 / 洪明道 著 . -- 初版 . -- 臺北市 : 九歌 , 2018.11
面 ;　公分 . -- ( 九歌文庫 ; 1295)
ISBN　978-986-450-219-6 ( 平裝 )
857.63　　107017488

作　　者——洪明道
責任編輯——張晶惠
創 辦 人——蔡文甫
發 行 人——蔡澤玉
出　　版——九歌出版社有限公司
台北市 105 八德路 3 段 12 巷 57 弄 40 號
電話／02-25776564・傳真／02-25789205
郵政劃撥／0112295-1

九歌文學網　www.chiuko.com.tw

印　　刷——晨捷印製股份有限公司
法律顧問——龍躍天律師 ・ 蕭雄淋律師 ・ 董安丹律師
初　　版——2018 年 11 月
初版 3 印——2021 年 9 月
定　　價——280 元
書　　號——F1295
I S B N——978-986-450-219-6

本書榮獲 高雄市政府文化局 Bureau of Cultural Affairs Kaohsiung City Government 書寫高雄出版獎助
文化部 MINISTRY OF CULTURE 贊助創作

（缺頁、破損或裝訂錯誤，請寄回本公司更換）